구름극장에서 만나요

구름극장에서 만나요

김 근 시 집

창비

차 례

제3부

제1부

바깥에게

너와 헤어지고 나는 다시 안이다 아니다
꽃도 피지 않고 죽은 나무나 무성한
무서운 경계로 간다 정거장도 없다
꽃다발처럼 다글다글 수십개 얼굴을 달고 거기
개들이 어슬렁거린다 그 얼굴 하날 꺾어
내 얼굴 반대편에 붙인다 안이 아니다
내 몸에서 뒤통수가 사라진다 얼굴과 얼굴의
앞과 앞의 무서운 경계가 내 몸에 그어진다
너와 헤어지고 나는 무서워진다

너를 죽이면 나는 네가 될 수 있는가
모든 안은 다시 바깥이 될 수 있는가

잠 서기관(書記官)

네 잠은 젖어 붇고 퉁퉁 불은 잠의 피부에선 모세혈관들 툭툭 터지고 꽃처럼 더러운 시반(屍斑)들 네 잠은 쉽게 부패하고

네 잠 속에서 자꾸 쓰러지는 사람들 파랗게 쓰러지고 빨갛게 쓰러지고 샛노란 바탕에 검은 얼룩무늬로도 쓰러지는 사람들의 가슴에서 뿜어져나오는 꽃처럼 더러운 피

꿈 없는 잠 탄력을 잃고 네 잠의 점토판 물렁물렁해지고 잠의 쐐기문자들 사라지고 흐물흐물 네 잠의 이름도 그만 사라져 보이지 않고 마침내 너 깨어나고 깨어나도 잠 속이고

미꾸라지처럼 네 잠의 피부에 온통 구멍을 내도 너 영원히 잠 속이고 풀풀 피어나는 꽃처럼 더러운 냄새 잠의 척추 허물어져 내려앉아 잠에서 잠으로 옮겨가지 못하고 나 또한 네 잠 속에 영원히 눕고

복도들 1

저 사나운 아가리에서부터 신성한 똥구녕으로 이어지
고 마는 배아지 속으로, 멀쩡히 그가 나를 끌고 들어온다
이 길고 둥근 통로에는 거칠고 반짝이는 비늘은 없으나
보드라운 살이랑 물컹하게 출렁이는 바닥과 벽,에 달린
어둡고 축축한 문들 미끌미끌한 손잡이가 몇개씩 붙은
그 많은 문들의 주소 알 수 없고 그 문들 열리기가 안으
론지 바깥으론지 또한 가늠할 길 없는데 해설라무네 여
기는 그의 배아지 속일거나 내 배아지 속일거나 내 먹이
일거나 그가 그의 먹이일거나 내가 아니면 그와 나는 또
누구의 여태도 소화되지 못하고 썩은 내 풀풀 풍기는 살
점이나마 듬성듬성만 붙어 있는 뼈다귀일러나, 오뉴월
개 헛바닥만큼이나 축축 늘어지는 말,이 흘리는 침 한 사
발 꿀떡꿀떡 받아마시거나 하는 그와 내 시간의 바깥쪽
저 사나운 아가리에서부터, 오긴 했으나 들지도 나지도
못하고 그저 있기만 하는 여기를, 신성한 똥구녕 밖까지
쉭쉭거리며 바람 한줄기 지나,간다 그가 나를 끌고 더 깊
은 배아지 속으로 들어,간다 바람에서 무슨 평생 수절한

홀애비 냄새라도 번져나나 내 얇은 손 꺾어잡고 그가 미
끄덩거리는 문의 손잡일 돌리자 홱, 그의 얼굴이 바뀐다
온전히 그도 아니고 그 아닌 것도 아닌 그의 얼굴 다시
희미해지고 오살헐 문들 문들의 손잡이들 너무 많다 있
었다고 생각했으나 없었던 것인지 모른다, 아예는, 온전
히 안도 아니고 바깥도 아닌 채 쉼없이 꿈틀거리만 하는
여기 이 혼곤한 배아지 속, 행방마저 그만 묘연해져버린
나는,

복도들 2

우뭇가사리 같은 수염을 달고 잘 안 보이는 넓적다리
어디 퍼질러앉은 궁뎅이 어디 필시 못 먹는 버섯 몇대 키
우고 있어 숨쉴 때마다 두엄자리 아지랑이 폴폴 피워내
는 그 늙은이 어디서 이 배아지 속까지 흘러들어왔는지
모르고 모르겠고

자꾸 비 온다고 눈 내린다고 바람 분다고 쓰잘 데라곤
없어 뵈는 제 좌판 앞에 앉으라고
하 그놈 참 내 비릿한 시절과 똑 닮았다고 살결 하 부드
럽다고 그놈 참 뜨거워 손 데겠다고
있는 거나 없는 거나 매한가지라고 있어도 없고 없어
도 있을 이야기라고 매한가지라고

바다 건너 한곳인가는 제 사내의 싱싱한 살을 발라 아
침에도 먹고 저녁에도 먹는 계집들이 살아 사내가 계집
의 피 살로 엉기고 계집이 사내의 혼으로 흩어지고 어둑
시근한 밤새처럼 눈깔 붉어져들 운다고도 웃는다고도 하

거니와

  펄펄 죽은 제 계집의 송장을 끼고 평생 그 송장 머리 빗기고 손톱 발톱 깎아내고 옷 입히고 옷 벗기고 헤헤 웃고 훌훌 울고 시커메지고 검은 물 흘러나오고 시나브로 딱딱해져 그 송장 본래 제 계집인 줄도 모르게 되어버린 사내도 있더라는데

  네놈보다야 한참 젊었구먼 하고 이건 또다른 어느 배아지 속이었던가 하고 터진 창자처럼 쏟아져나와버리고 있네그려 하고 무지렁이 책장 넘기듯 여자의 몸 더듬었지 하고 여자의 왼쪽 젖가슴 아래께 더듬던 손이 쏙 여자의 안으로 들어가잖겠는가 하고 배시시 여자 웃었어 하고 여자의 심장 박동에 손 잠시 흔들렸지 하고 몸 밖으로 끄집어낸 여자의 심장 뜨겁게 불끈거리고 여자의 가슴에서 엷은 바람 냄새가 흘러나왔구먼 하고 여자 피 한 방울 흘리잖았지 하고 나 비릿한 정액 몇방울 털털털 쏟아내었나 하고 배시시 죽어서도 여자 웃었어 하고 나는

비로소 울었다 하고

하므로 피 흘리잖아도 이 배아지 속이든 저 배아지 속이든 웃음과 울음의 골이 패어 꿈틀거리는 것이라고

그놈 불타는 이마 참 손 데겠다고 그놈 목덜미 참 곱다고 그놈 불타는 젖꼭지 참 빳빳하다고 그놈 살 속이 참 매끈하다고 갈비뼈 튼실하다고 그놈 심장 날뛰는 말새끼 같다고

자꾸 비 온다고 눈 내린다고 바람 분다고 꽃 핀다고 나비나비 팔락팔락거린다고 왜 우냐고 왜 웃냐고

두엄자리 어디 버섯 피어나는지 모르고 모르겠고 늙은 이에게 심장을 내주고서야 쓰잘 데라곤 없어 뵈던 좌판에 쪼그라든 심장 몇개 널린 것 뵈고 심장도 없이 나 있는 건지 없는 건지 그런 것도 없이 우뭇가사리 같은 수염이나 자라든지 말든지 시도 없고 때도 없이 나 아지랑이 같이 헤헤헤 흘흘흘

복도들 3

그는 그만 문을 열고 들어가버렸는데

601호가 602호를 낳고 602호가 603호를 낳고 603호가
604호에게서 605호를 낳고 605호는 606호를 낳고 606호
는 607호와 608호를 낳고 608호는 609호를 609호는 610
호를 610호는 611호를…… 낳고 낳고 낳고

바깥은 쏘는 듯한 햇빛
어둠은 문들이 꿈틀거리는 시간 저쪽으로부터
오고 슬금슬금 가기 힘든 무게로 와서 나를
발목에서부터 잡아당기고 안간힘 쓰며 나는
버티고 들지도 나지도 못하고 오줌이 마려워도 참고
버티고

문 안쪽의 일이라
그의 해골 수십구인지 수백구인지
수천 수만인지도 모르겠는,

하여 아예는 산산이 수많은 그로 찢어져
진짜 그가 누구인지 행여 이제는 단 한 구도 그의 해골
이 아닌지도 모르겠는, 여기

문 하나 그를 꿀떡 삼켜버렸는데
그를 삼킨 문 하나 영영 찾을 길 없고
끌어내려지는 바지춤 부여잡고 나 혼자서
문들의 저 징글징글 낳아지는 호수를 세고 들먹이고만

새벽의 할례

어둠이 개에게서 이빨을 빌린다
윤기를 잃은 털들 우수수 빠져나가고
어둠은 단단한 이빨을 드러내며
얼룩진 방구석에 웅크리고 있다
두려움이 너를 삼키고 나면 금방 편안해질 거야
나는 어둠에게 손을 뻗는다

인제 어둠은 제가 어둠이었던 시절을
알지 못하게 될 것이다 그때
겨우 보이던 나는 아예 안 보이게 될까
가까스로 나라고 생각되는 몸을 만진다
뜨겁지도 차갑지도 않은 거칠지도 곱지도 않은, 껍질
거품을 빛내며 마지막으로
어둠이 개처럼 으르렁거린다

마침내 나는 칼을 내려놓는다
버섯들이 온몸에서 돋아나기 시작한다
떨어져나간 어둠의 포피가 시커멓게 말라간다

너 오는가

너 오는가 흰 고개 검은 고개 넘어 한푼 노자도 없이 시
푸른 대지팡이 하나 없이 걷고 걸어 너 오는가 흰 강아지
흰 강아지 그만 놓쳐버리고 안개강 다시 되돌아 물먹은
시체처럼 띵띵 불어 갈라지고 터지는 시간 푸르고 붉게
시반 찍으며 너 오는가 어린아이도 되었다가 주름 자글
자글한 늙은이도 되었다가 어미도 되었다가 아비도 되었
다가 머리 풀고 땅을 치며 갈기갈기 옷 찢으며 잘은 찾아
지지도 않는 여기로 용케도 이 죄 썩어빠지고 코는 주저
앉고 눈알 데구루루 굴러가버리고 어디 비쩍 마른 새 한
마리 날아와 쪼아 터트려 먹었는지 모르고 듬성듬성 머
리칼 몇개 붙어 하늘하늘거리는 피 모조리 빠져나가고
살은 살끼리 말라붙어 죽지도 썩지도 못하는 겨우 있는
나한테로 너 오는가 너 오면 나 굳은 관절 움직여 한바탕
춤이라도 출 겐가 보타든 목을 뽑아 쇳소리로 어허이 어
허이 가문 노래라도 한자락 불러재낄 겐가 나 그만 가루
로 폴폴 무너질 겐가 그렇게 많은 머리를 바꿔달며 그렇
게 많은 거기서 너는 오고야 마는가 해골들끼리 부딪는

소리로 눈부신 대낮 공놀이에 지친 아이들이 공은 버리
고 제 머리통을 차대며 노는 먼짓길 염산처럼 뿌려지는
햇빛을 견디며 절뚝이며 절뚝이며 나 너 마중 나간다

여우의 시간

어디서부터인지 길짐승처럼 울면서 흐느끼면서 끙끙
거리면서 오는데 미처 다 오지는 못하고 문밖에서 망설
이고만 있는 밤, 그런 밤에 숫여우 한 마리가 온다 아귀
가 맞지 않는 창문과 창틀 틈새로 얇고 질긴 바람이 들기
는 해도 나지는 못하고 여우는 바람처럼 질긴 제 성기를
떼어낸다 집 안의 공기가 이따금 파닥, 파닥거리고 이제
이 성기는 할 일을 다 했네 성기에 골몰하는 여우라니 그
런 밤이라니 오직 울기 위한 눈을 가진 사람들과 모든 밤
에 몸을 섞었지 사내든 계집이든 가리잖고 늙은이든 어
린애든 상관없이 그들이 내 성기를 향해 끝도 없이 눈물
을 쏟았다네 꼬리가 몇개인지 잘은 보이잖아도 여우의
중얼거림이 스웨터의 풀리는 올처럼 기다랗게 내게 옮겨
붙는다 언제나 나는 입이나 다물밖에 여우의 중얼거림이
내게 와 스웨터 하날 다시 완성할 때까지 해도 그건 엉키
고 엉킬 뿐 성기를 떼어내고 여우는 혼곤한 잠 속으로 꺼
져들어갈 것이다 컹, 이제, 컹, 모든 밤에, 컹컹, 나를 위
해서는 한번도 쓰이지 않은, 컹, 내 성기를, 컹, 그, 컹,

만, 떼어버리는 게 좋겠어, 컹컹컹, 밤은 기어이 망설이다만 가고 왜 하필 내 집에선지도 묻지 않고 시들고 주름투성이에 꼬부라지기까지 한 아침에 여우를 버리고 나는 여우의 성기로 내 성기를 바꿔달까 말까 고민할 것이다 나를 위해선지 여우를 위해선지 오직 울기 위한 눈을 가진 사람들을 위해선지 어쩐지도 잊고 또 여우를, 컹, 기다리면서는, 컹컹컹컹,

우우우

모르는 네가 우우우 우산 속으로 들어온다 축축하고
번들거리는 새벽 가랑비에 털 젖는 줄도 모르고 모르는
고양이 한 마리 우우우 우산 밖에서 눈을 빛낸다 물고 빨
고 할 때는 다 똑같지 우우우 우산 속이나 우우우 우산
밖이나 모르는 너는 모르는 웃음을 흘려놓는다 실실실
외부로 쏟아져나온 내부 저 으스스한 토사물 우우우 우
산 속은 텅 비고 우우우 우산 밖은 젤리처럼 미끄덩거리
고 찢어진 우우우 우산의 살대처럼 모르는 너와 모르는
내가 몸 부딪는다 기댈 담벼락도 없이 앙상하게 서서 모
르는 비를 피해 모르는 골목 모르는 어둠을 틈타 잎 진
가로수들 모르는 가지 하나 위태위태 붙들고 있다 물고
빨고 할 때는 다 똑같지 우우우 아나 모르나 우우우 우산
손잡일 끝까지 움켜쥔 채 우우우 우산 속에서 우우우 우
산이 뒤집히듯 휘까닥 눈깔 뒤집히고 실실실 외부로 쏟
아져나온 내부 저 으스스한 신음들 모르는 네가 우우우
우산 밖으로 달려나간다 우우우 우산 속에서 도무지 모
르겠는 내가 그만 우우우 우산을 버린다 큼지막한 손바

닥처럼 낙엽 한 장 아스팔트의 시커먼 볼따구니에 착 달
라붙는다 우우우 비가 그치지 않는다

적산가옥이 내려다보이는 옥탑방

그의 혓바닥이 아편처럼 내 몸을 간질였다 그의 혓바닥을 뽑아버렸다 혓바닥 돌기들이 내 손금을 지워버렸다 나는 담배를 피워물었다 조그맣게 난 창으로 연기를 내뿜자 어둠은 제 어깨뼈 하날 뽑아 집 아래로 던져버렸다 한 자나 뽑힌 혓바닥은 도로 입 안으로 들어가지지 않았다 비가 조립식 옥탑의 지붕과 벽을 때려부수려 안달을 복달을 하고 있었다 비의 세례를 받고 어둠의 어깨뼈는 조금씩 낡고 오래된 짐승의 골격을 이루고 있었다

(빛나는 것들은 모두 어디로 사라졌을까)

혓바닥은 뽑혀서도 여전히 내 몸을 간질였다 나는 그를 발가벗겨버렸다 불거진 그의 뼈다귀에 내 뼈다귀를 쑤셔넣었다 비를 뚫어 빗소리 집어삼키며 전깃불도 끄고 밤, 도시를 모조리 지우며 저벅저벅 오는 저 낡고 오래된 짐승의 발걸음소리 점점 가깝다 온힘을 다해 달그락거려도 뼈다귀와 뼈다귀 좀처럼 맞춰지지 않고 미끄러지고

빠지고 부러지고 으스러지고 다시 살아 그의 혓바닥 팔
딱거리고 날아다니고 없는 눈으로 깜깜한 짐승 옥탑방을
굽어보는데

　　　　(돌 속에서도 반짝반짝 지껄이던 아이들은 모두
　　　　　　　　어디다 눈깔을 빼놓았을까)

　내 혓바닥은 이미 오래전에 말려 그를 간질일 수 없다
수습하지 못한 그와 내 뼈다귀 좁은 방 안에 흩어진다 으
슥한 골목들 모두 저 낡고 오래된 짐승의 다리가 되어 도
시를 휘젓고 번갯불 번쩍, 번,쩍 순식간에 나를 찌르는
빛나지 않는 적막 한줄기 소리란 소리들 죄 한꺼번에 참
사당한다 아무래도 나는 저 밖으로 나갈 수 없다 그와 나
는 혓바닥을 잃었다 여태도 비는 조립식 옥탑의 지붕과
벽을 때려부수려 안달을 복달을 하고

　　　　　(모든 갈 수 없는 나라들의 봉화엔

누가 불을 놓을까)

    채 살점이 떨어지지 않은 손가락뼈 하나 닿을 수 없는
시간 쪽으로 휘어진다 결코 피 흘리지 않는 저 낡고 오래
된 짐승의 입속으로 이제 그만 옥탑방과 그와 내가 쓸려
들어간다

죽은 새

죽은 새는 죽은
새였네 고양이의 눈
단추처럼 빛났네
단추를 떼어내도
죽은 바람은 죽은
바람이었네 고개
늘어뜨리고
활짝 퍼진 채
굳은 날개 고양이
눈멀었으나 갈수록
늘어갔네 피가 돌지 않는
책장들 다 묻을 수도
없었네 새를 들어
담뱃재를 떨었네
뜨거워지지 않았네
식은 통조림만이
고양이와 나의 몫이네
새는 새였네

구름극장에서 만나요

이제 우리 구름극장에서 만나요 구름떼처럼은 아니지만 제 얼굴을 지우고 싶은 사람들 하나둘 숨어드는 곳 햇빛 따위는 잊어버려도 좋아요 날카롭게 돋아나서 눈을 찔러버리는 것들은 잊고 구름으로 된 의자에 앉아 남모르게 우리는 제 몫의 구름을 조금씩 교환하기만 하면 되지요 「구름목장의 결투」나 「황야의 구름」 같은 오래된 영화의 총소리를 굳이 들을 필요는 없어요 구름극장에는 처음부터 정해진 게 아무것도 없으니까요 네모난 영사막은 뭉게뭉게 피어올라 금세 다른 모양으로 몸을 바꾸지요 그럴 때 사람들이 조금씩 흘려놓은 구름 냄새에 취해 잠시 생각에 잠겨보는 건 어때요 오직 이곳에서만 그대와 나인 우리 아직 어둠속으로 흩어져버리기 전인 우리 서로 나눠가진 구름의 입자들만 땀구멍이나 주름 사이에 스멀거리기만 할 우리 아무것도 아닐 그대 혹은 나 지금은 너무 많은 우리 사람들이 쏟아놓은 구름 위를 통통통 튀어다녀보아요 가볍게 천사는 되지 못해도 얼굴이 뭉개진 천사처럼 하얗고 가볍게 이따금 의자를 딸깍거리며

구름처럼 증발해버리는 사람이 있어도 그런 건 그리 대
수로운 일은 아니지요 구름극장이 아니어도 우리도 모두
그처럼 가볍게 증발해버릴 운명들이니까요 햇빛 따위는
잊어버려도 좋아요 구름에 관한 동시상영 영화들은 그리
길지 않아요 영화를 보기 위해서는 아니지만 그래도 우
리 구름극장에서 만나요 저녁이면 둥실 떠올라 세상에는
아주 없는 것 같은 구름극장 말이에요

제2부

이모들

　이모들의 젖을 빠네 눅눅한 책의 페이지처럼 붙어 있는 여러 장의 이모들 그 많은 이모들의 젖을 내가 다 빨아먹네 아침에도 빨고 저녁에도 빠네 이모들의 젖은 어둡고 어두운 젖을 먹고 나는 어두운 젖살이 오르고 결코 바람이 불지 않는 이곳에서 불쌍한 삼촌들은 내쫓겼네 이곳은 이모들의 세계 엄마들은 언제 밤봇짐을 쌌을까 낡은 책의 페이지 찢어지는 소리를 지르며 밤새 이모들은 잔뜩 새끼들 낳아놓네 나는 영원히 이모들의 새끼는 될 수 없네 이모들 새끼의 아버지도 될 수 없어 나는 아침이 오기 전에 새끼들을 다 물어죽이네 이모들 젖이 퉁퉁 붇고 이모들의 젖을 빨고 나는 성장이 멈추지 않네 그 많은 이모들이 어둡고 커다란 내게 매달려 그 많은 젖을 빨리네 아침에도 빨리고 저녁에도 빨리네 이곳은 이모들의 세계 낡고 눅눅한 책 속의 일이네

가족

　길에서 길에 휘감겨 목 졸려 죽은 여자 펑 터진 여자의
머리에서 기어나와 사방팔방 흩어지는 햇빛의 버러지들
칼처럼 피어나는 꽃 그 꽃 밟고 꽃잎에 발 베이며 배만
커다랗게 부어올라 식은 젖 빠는 아이 헛바닥 낼름거리
며 잔비늘 털어대는 하늘 폭포처럼 떨어지는 사내 떨어
졌다가는 팔다리도 성기도 따로따로 튀어오르는 사내 사
내의 물보라 몸보라 무지개 뜨고 시뻘건 강물 위로 두둥
실 떠가는 지붕, 없는 그림자 없는 말

나무나무

나무나무
평생 가야 녹이 슬 듯이도
꽃 한송이 피어나지 않는
나무나무
쭈글쭈글한 할미들이
가지에 매달려
허공을 향해 쑥쑥
아기들을 낳아놓던
나무나무
옆구리에 종창이나 달고
할아비들 까치집 찾아
어디를 떠도는지도 모르고
아기들 바람에 피 말리고
제 손으로 태를 찢어 걸고
여름날 징그러운 이파리처럼
와글와글 저희들끼리만 불러줄
이름도 없이 무럭무럭 자라던

나무나무

그 아기들 자라고 늙어

에미 애비도 모르고

에미 애비도 돼본 적 없이

죄다 할미 할아비만 되어

허공에다 아기 낳고

종창 달고 까치집 찾으러 떠돌던

평생 가야 녹이 슬 듯이도

꽃 한송이 피지 않는

해도 몇살인지도 모를 제 나이만큼은

헐떡헐떡 그늘을 키우는

저 무서운

나무나무

국솥에서 끓고 있는 저 구렁이

국솥에서 몸부림치는 저 구렁이 국솥 안에 감겨 무섭게 출렁거리며 솥뚜껑 달그락거리며 끓고 있는 저 구렁이 할애비 국솥 걸어놓고 사흘 밤낮을 불만 때고 누구를 먹이려는지 모르고 무슨 국물이 되려는지도 모르고 두어 바퀴는 감겨 꼬리와 입이 맞닿은 저 구렁이 몸속으로도 뜨겁게 물은 흘러들고 부글부글부글 저 구렁이 몸뚱이도 몸뚱이에 새겨진 무늬도 빛나던 이빨도 갈라진 혓바닥도 없는 팔다리도 끓고 끓어넘치고 길던 뼈다귀 흐물흐물 녹아 사라지고 할애비 솥뚜껑 열어 휘휘 젓고 젓다가도 맛은 안 보고 인제는 구렁이도 아니게 되어버린 저 구렁이 끓고 있는 아주 오래된 국솥,

거기, 채 태어나지 않은 애비도 끓고 있는지 모르고, 채 태어나지 않은 나도, 어쩌면, 모르고, 모르지

간다

어린 할애비 제 늙은 어미에게 간다 밭두렁에 늙은 어미 쑥쑥 아기를 싸놓고 있다 흰 뱀 한 마리 밭두렁 가로질러 사라진다 골짜구니 그늘 슬금슬금 늙은 어미를 삼켜 잡순다 어린 할애비 빽빽 운다 밭두렁에서 어미가 싸놓은 아기들 모두 어린 할애비로 자란다 빽빽 운다 어미 얼굴 반이나마 삼킨 그늘 얼굴을 뱉어놓지 않는다 어린 할애비 제 늙은 어미에게 간다 죽었는지 살았는지도 모르고 가고 가고 또 간다

죽은 군대가 도착한다

비 내린다 죽은 군대가 도착한다 싱싱한 뼈마디 철그
렁거리며 할아비들 온밤 내내 여기에 도착한다 초록재
주홍재로 흩어지지 못하는 할미들 다만 낡는다 낡아 삭
는다 원삼 족두리 간데없고 할아비들 일제히 총구를 들
이댄다 해진 군복 소매에서 기어나온 강아지풀 총구 끝
에서 녹슨다 녹슬어 툭툭 떨어져내린다 비로소 텅 빈다
할아비들 치맛자락 펼쳐 할미들 꿈틀거리는 강아지풀 다
받아내는데 너무 많이 도착하는 할아비들 첨벙첨벙 군홧
발 소리 흩어진다 옷자락 잘라버리고 온밤 내내 할아비
들 또 너무 많이 사라진다 할미들 몸에선 강아지풀 번데
기로 굳고 어느새 시커멓게 파리떼 날아다니고 성가시고
허구한 밤,

비 내린다 죽은 군대가 도착한다 싱싱한 뼈마디 철그
렁거리며 할아비들 온밤 내내 여기에 도착한다 초록재
주홍재로 흩어지지 못……

잔치 잔치 벌인다

지붕에서 말들이 고삐를 풀었다 히히힝 웃는다 할아비
들 잔치 잔치 벌인다 굶어 죽고 물에 빠져 죽고 총 맞아
죽은 할아비들 시뻘겋거나 시푸른 낯빛을 하고 아들 딸
며느리 손자 손녀 들 모여든다 두두둑 두두둑 지붕에선
난데없는 말발굽 소리 할미들 잔칫상 위에 눕는다 할미
들 몸에서 주름들 흘러내린다 주르륵 흘러내린 주름들로
잔칫상 푸짐해지고 할미들 뜯어먹힌다 가죽과 내장 힘줄
과 뇌까지 다 파먹히고 흰 뼈마저 쪽쪽 빨리고 지붕은 고
요하고 고삐 풀린 말들 하늘로 붉게붉게 흩어지고 히히
힝 웃는다 할아비들 이도 없이 거무스레한 잇몸 다 드러
내고 길들은 펄떡펄떡 살아서 잔칫상 기웃거린다 아들
딸 며느리 손자 손녀 들 온데간데없고 가지도 오지도 못
하고 어스름 문밖 길섶 풀들은 흔들리고 흔들리다 말고
잔치 잔치 벌인다

싱겁고 싱거운

어느날 집 안에 물이 차올랐습니다 물은 모나거나 이
빠진 우리 집 세간을 적시고 부뚜막과 방구들을 적시고
이부자리를 적시었습니다 방바닥에 팔을 괴고 모로 누운
나는 몸 한쪽부터 젖었습니다 낡은 앉은뱅이책상이 젖고
한 귀퉁이가 녹아 눋은 흑백텔레비전이 젖었습니다 흑백
텔레비전 안의 여자도 젖어 얇은 옷 속의 몸이 다 드러났
습니다 물에 잠긴 나는 그만 헐렁한 바지가 부풀어 둥둥
방 안을 떠다녔습니다 해도 나는 창호지 문밖으로는 나
가보지 않았습니다 구멍 뚫린 문창호로 초록색 물뱀들이
술술 잘도 헤엄쳐들어왔습니다 내가 차마 씻어내지 못한
말들은 뽀로록뽀로록 거품이 되어 떠올랐구요 나중엔 지
붕마저 둥둥 방 안을 떠다녔습니다 나는 떠다니는 기왓
장을 밟아 부엌으로 갔습니다 엄마 이제 그만 좀 하세요
가랑이 사이로 물을 쏟아내는 일일랑 그러자 거짓말처럼
물이 빠져나갔습니다 나는 다시 방바닥에 팔을 괴고 누
워 흑백텔레비전 안의 여자에게 눈을 주었습니다 부푼
바지가 그제야 가라앉았습니다 머리카락에 비늘처럼 잔

뜩 개구리밥을 묻히고 엄마는 곧 밥상을 들였습니다 싱
겁고 싱거운 점심 한끼였습니다

물 안의 여자

물 안의 여자 물 안의 마을 물 안의 우물에서 물 안의
물 길어올리네

물 안의 여자가 길어올린 우물물 물 안의 물 너무 많아
없는 거나 다름없네

어느날 물 안으로 들어온 사내와 눈 맞아 물 안의 여자
물 안의 아기를 낳았는데

물 안의 집 떠다니는 방구들에 차마 눕히지 못한 물 안
의 아기 물 밖으로 떠난 아비 찾아 저 혼자 떠올랐네

물 안의 여자 물 안의 마을 물 안의 우물에서 끝도 없이
물 안의 물 길어올리네

물 안에서 물처럼 흘러가지 못하는 물 안의 여자 얼굴
은 여태도 잘 길어올려지지 않네

저 문들이 나를

저 문들이 나를 집어삼키려, 창호지문 너머 시커먼 부
뚜막이 부뚜막 지나 붉은 열매 머금은 찬 우물이 우물에
서 고개 몇개 넘고 넘어 애장터 돌무덤이 돌무덤 속 자라
다 만 해골 딸각거리는 주둥이가 입술도 없이 길고 날카
로운 휘파람 소리를 내며 와락, 저 문들이 나를 집어삼키
려, 문밖 툇마루 지나 동그만 마당이 벌떼처럼 어지러이
날아다니는 햇빛이 들 너머 푸른 비늘 고르는 저수지가
저수지 물 아래 지붕도 없이 허물어진 담벼락이 물풀들
에 포획당한 길만 뒤엉겨 죽은 자들의 마을이 한꺼번에,
통째로, 나를, 와작와작,

문의 아가리로 들어가 문의 똥구멍으로 나왔네
몸에 수많은 문이 달려 나 쉴새없이 열리고 닫히네

외딴집

꽃 없이 가장 먼저 발톱이 자라요
단단한 대청마루를 뚫고 마루 밑
쥐며느리도 지나 우악스럽게 발톱이
자라는 만큼 손톱은 돌돌돌 말리고요
말린 손톱들이 추녀 끝을 붙들고요 가까스로
가로금이 간 벽들 겨드랑이에 매달리는데요
머리칼 울창해지고 지붕 덮어 푸르러지고
가장 나중에 거웃이 자라요 칡넌출처럼
무서운 속도로 거웃이 집을 껴안자
빨간 벽돌들 빨갛게 숨 막히고 무너지지 못하고

간밤에도 꽃 핀 아이들이 모두 배 터져 죽었답니다
지아비는 한 개도 열리잖는 몸 아이들이 빨던 젖가슴
말린 무화과처럼 쪼그라들고 아이들은 대체
내 어디서 꽃 피었던 걸까요
다만 허공에 내 얼굴 하나 걸어두고
배 터져 죽은 아이들 아이들이

웃어요 녹슨 못들이 부딪히듯이 온 골짜기 처르렁
처르렁 바람 불고요 바람 끝에 간신히 붙들려

나 자라고 자라요
남은 뼈마디 몇개 얼기설기 이어붙여
여태도 잘 안 썩는 살들을 긁어모아
나 내가 죽은 줄도 까맣게 잊어버리고
죽어도 못 죽는 집 한 채
가랑이 안으로 쑤셔넣으며

나 자라고 자라요
몇백년 자라기만 해요
울다 살다 웃다 죽다 웃다 살다 울다 죽다
자라도 나 기어이 하늘에는 닿지 못하고

발(魃)

족보에는 어리거나 젊어 죽은 여인들이 있어 내가 생겨나기도 전에 죽은 여인들 대체 무슨 귀신이 되어 족보한 귀퉁이 씻나락 까불고나 까먹고나 있나 까불고 까먹다가는 문득 그 여인들 왜 족보의 몇쪽을 우르르 건너 내 이름이 새겨진 쪽으로 오나 족보에 미처 이름이 올라가 보지도 못한 여인들까지 거느리고 와서 내 몸을 빨아대나 쪽쪽쪽 피 죄다 빨아먹고 눈구멍 귓구멍 입구멍 좃구멍 똥구멍 땀꾸멍 할 것 없이 모든 내 몸의 구멍에 대고 쪽쪽쪽 몸의 물기란 물기는 다 빨려 내 몸은 홀쭉해지고 홀쭉해지다 못해 뼈에 들러붙고 축축 가죽 늘어지고 머리칼 한올 좃털 한올 남김없이 수염이며 눈썹까지 터럭들 죄 빠지고 손톱 발톱 모조리 빠지고 내 이름자 올라 있는 종이쪽은 바스락거리고 불면 날아갈 것 같고 왜 빨아대나 모지락스럽게도 나를 빨아먹고도 젖지는 전혀 않아 퍼석거리는 몸 질질 끌고설라무네 그 여자들 또 문득 족보의 좀체 찾아지지 않는 귀퉁이로 훌쩍 숨어버리고 숨어버려도 그만 족보를 덮어도 족보 한쪽은 내내 가물

고 내 이름도 몸도 영영 가뭄이 들어 태어나지도 않은 일
족의 아이들 금세 노인이 되고 그 노인들 점점 더더더 노
인이 되는, 족보에는 어리거나 젊어 죽은 여인들이 있어

늪

여자는 축축하고 짓무르고,
빨갛거나 파랗거나 노란
여자의 노래가 쉴새없이
곰팡이처럼 피어올랐다

밥그릇 속에선 아이들이 와글와글 울어댔다
여자는 아이들을 한움큼씩 집어삼켰다
설익은 아이들이 생살처럼 씹혔다 우적우적
아이들은 먹어도 먹어도 좀체 줄지 않고
이미 먹어버린 아이들의 울음조차 사라지지 않아
찰기라곤 전혀 없는 울음들만 밥그릇에 흘러넘쳤는데

돌미나리처럼 가늘게 여자가 흔들렸다
돌미나리처럼 많은 여자가 흔들렸다
늪가에서, 파르르, 여자가, 돌미나리처럼, 우우우

머리 헝클어지고 공중엔 흰자위 펄럭거리고

여자는 노래를 멈추지 못하고
그치지 않는 아이들의 울음처럼 날이 가고 밤이 가고

느닷없이 늪이, 여자를, 집어삼켰다,
덥석, 더이상 참지 못하고, 개구리밥 털며,
아이들은 오래 배앓이를 했다

그 많은 아이들이 늪을 토해냈다

드렝이 우는 저녁

　무른 살갗 같은 논바닥 온통 구멍 내고 구멍마다 고갤 내밀어 드렝이* 우는 저녁 애장터 돌무덤 헤치고 죽은 아기들 채 여물지도 못하고 썩어 짜부라든 제 살을 조물락거리면서는 스적스적 산을 내려와 여태 산 채로 히히덕거리는 제 어미와 형제자매 혼 다 빠지게시리 뛰어다니며 삐익삑 휘파람을 불어쌓기도 하는 그런 저녁 산 계집아이 하나 마을 쪽으로 궁둥이 높이 쳐들고 엎디었겄다 마을이랬자 산송장 같은 늙은네들이나 어슬렁어슬렁 고샅길에라도 시든 그림자 흘릴까 말까 하고 어린애들이야 갓 젖 뗐거나 좀 컸더라도 똥고에 푸른 반점조차 지워지지 않은 모양으로 걸핏하면 빽빽 울기나 해서 계집아이 궁둥이에 꽃 하나 꽂아줄 이 하나 없던 것이었는데
　계집아이 내력을 볼작시면 제 어미 폐병으로 누운 지 오래였어도 귀신이 들렸는지 죽지를 안하고 처녀귀신 같은 여자 하나 꿰차고 달아난 배다른 오빠는 죽었는지 살았는지도 모르고 오매 참말로 귀신 들려 씨다른 언니는 어느 산골짝 떠도는지 처박혔는지도 모르거니와 계집아

이의 어미 첩으로 맞았던 아비는 벌통깨나 짊어지고 떠돌다가는 계집아일 제 본부인에게 맡겨뒀다는데 그 본부인 하 모질어 엄동설한 계집아이 손에 죄 얼음 박여 오뉴월 논바닥 갈라지듯 갈라졌더니 거참 쯔쯧 그 본부인 이듬해 풍 맞아 앉은뱅이로 사지육신 끌고 다니면서나 아다다 아다다만 안했간디 그 와중에도 생겨난 조무래기 동생 것들이야 입만 달고 태어난 아귀 같은 것들이라서 온 집안 다 먹어치울 기세로다 달라붙고 치대고 제 손윗누일 못 빨아먹어서 지랄발광 했잖겠어 허허허

　해도 시절은 또 시절대로 흘러를 가서 계집아이 익을 대로 익은 궁둥일 주체 못해 발정난 암캐 모양 누구에게랄 것도 없이 그렇게 요상하게 엎디어 몇날 몇밤 뻗대고 있었당만그려 헌데 누가 그 계집아이 궁둥이에 개구락지 똥구멍에 보릿대 꽂아 불 듯이나 뜨겁고 드센 숨이라도 불어넣었는지 계집아이 배가 점점 불러오더라여 산골짝 마을에 무슨 돌라갈 것이 있어 밤손님이 다녀갔을 리 없고 필경 소나무 숲에 사는 바람의 짓거리라고 자발스런

늙은네들은 지껄여댔는데 시나브로 부푼 계집아이 어느 날 더 팽팽 늘어날 살가죽이 모자랐는지 펑 하고 터져버렸대여 겨우 계집아이라거나 계집아이라고 할 수도 아예 없는 뻘건 살점들 사방팔방 흩어져버렸다잖은가

　눈 씻고 다시 보니 그 자리에 탯줄 칭칭 감고 웬 핏덩이 하나 있는데 눈도 못 뜬 게 뿔락뿔락 숨도 안 쉬는 게 글쎄 삐익삑 휘파람만 잘도 불더라는 것이여 어찌 되긴 뭘 어찌 되야 휘파람 소리 여름 땡볕 한줄금 소나기처럼이나 흠뻑 맞아버린 마을에선 난리 난리가 났지 늙은네들은 죄다 고샅으로 기어들 나와 시도 때도 밤도 낮도 없이 밥도 물도 없이 매가리 히마리도 없는 마른 살끼리 얼크러설크러져서리 홀레만 붙고 붙고 붙었다누만 벼들은 죄 알맹일 떨어뜨리고 시커멓게 타버리고 마을의 어린애들은 씨도 마르고 밭도 말라 구실도 못하게 컸더라는 말이시 아 나야 모르지 그때도 드렝이가 울었는지 죽은 아기들 제 동무 찾아 미끄러지듯 또 산을 타내려왔는지는

　　* 드렁허리의 전라도 사투리.

52

낫잡이 이야기

어미는 밤마다 낫을 휘둘러 아이의 목을 친다네 어미는 귀신 잡는 낫잡이 달 없는 그믐이면 어느 마을에든 귀신이 출몰하지 굶주린 어미가 아이를 업고 쓱쓱 들게 간 낫을 들고 미쳐서 미쳐서 어둠을 향해 낫을 휘두르면 잘려나가는 것은 언제나 아이의 모가지 낫에 팬 수양버들 귀신처럼 긴 머리를 쏠어내리고 불쌍한 어미가 주린 배를 채우고 마을을 벗어나면 어느새 삐죽 돋아나오는 아이의 머리 아이는 거머리처럼 철썩 어미의 등에 들러붙어 결코 떨어지지 않지 징그러운 세월은 계속되고 어느 마을에서든 귀신 소문은 끊이지 않아 이 마을에서 저 마을로 아이의 목을 치러 어미는 떠돈다네 어미는야 귀신 잡는 낫잡이 모든 이야기는 이와 같지 랄랄라

옷 짓는 여자

노파는 서둘러 마을을 떠났다
검은 풀들이 노파를 향해 흔들리고 있었다

사람들은 모두 슬픈 눈으로
벌거벗은 제 몸을 바라보고 있었다
소년은 할미의 몸을 걸치고
여자는 남자의 성기를 달고
남자들이 입은 것은
너무 꽉 죄는 소녀들의 몸

사람들이 여자의 양품점에서
미처 완성하지 못한 옷을 훔쳐냈을 때
여자는 순식간에 노파가 되었다

바람 아래 바람이 불었다
바람 위에 또 바람이 불었다
사람들은 영원히 슬픈 눈을 지니게 되었다

제3부

빨강 빨강

피를 다 소진한 누리끼리한 염통이 저 혼자 바싹 마른 혈관을 흔들어대면서 골목 뒤편으로 사라진다 고통이 짜르르 따라간다 새까만 정거장에서 사내는 무당개구리처럼 배를 뒤집는다 배가 빨갛다 빨갛게 사내는 그대로 움직이지 않는다 여기까지 오는 길에는 돌기가 너무 많았다 빨갛게 말라간다 그는 곧 푸석푸석, 보이지 않게 될 것이다 설령 제 색깔을 잃어버린 염통이 다시 돌아온대도 그를 찾지는 못할 것이다 다만 고통도 없이 빨강 빨강들이, 새까만 정거장 주변을 팔짝팔짝 뛰어다닐지 엉금엉금 기어다닐지 맴맴 돌지 어쩔지 모를 일은, 모를 일이다

그 의자의 사정

 그는 한번도 수음을 해본 적이 없다네 그러므로 그에게
노래를 기대하는 것은 무의미하지 어느날 낯선 방문객 하
나가 그를 넘어뜨리고 갔을 때 바닥에 나뒹굴던 그는 하
마터면 눈물을 흘릴 뻔했다네 고통 때문이 아니라 북받치
는 희열 때문에 그렇다고 그가 겁간을 당하지 않았다는
얘기는 아니지 그땐 꽃냄새가 하도 지독해 질식할 지경이
었다지 그가 쏟아내지 못한 꽃들 너무 많아 그 꽃들에게
밤마다 시달린다는 얘길 하려는 것이네만 어떻게 꽃을 쏟
아내는지 알 길 없는 그의 딱딱한 기억 속에서 꽃들조차
희미하게 빛을 잃는단 말이야 일테면 말이지 의자에 싹이
나서 이파리에 의자— 의자— 같은 노래도 수음을 해본
자만이 부를 수 있는 노래라네 꽃까지는 가보지도 못하는
그 흔한 노래도 그에게 기대할 수는 없지 이따금 바람이
개처럼 헐떡거리며 그에게 달려오지 달려와 고작 그의 다
리를 물어뜯을 뿐이네 개처럼 꼬리를 흔들며 몇차례 바람
이 그를 버리고 떠나갔네 그는 한번도 수음을 해본 적이
없어 그러므로 그는 한번도 무릎을 펴본 일이 없다네

어깨들

그는 어깨들이 사라졌다고 말했다
층층이 그의 몸에 얹혀 있었다던 수많은 어깨들

별빛이 그의 어깨에 오는 동안
몇백만 광년쯤 그는 그 모든 어깨들이 차례로 겹렸다
는데

어디로 사라졌을까
어깨들 위를 자박거리던 차가운 발들
사금파리 같은 웃음 깨뜨리던
아이들의 우당탕 소리
이미 없지만 있는 것 같은
어깨들, 어깨들의 조금씩 마모되던 모서리들

층층이 오르지도 내리지도 않고 허공으로 어깨들이
문득 사라졌다고 말하는 그의 말도 조금씩 사라지고
있었고

실은 죽었으나 산 것처럼 마치 똑 그렇게

한번도 계단이 아니었다고

다만 결린 어깨들을 얹고 지나온 삶 혹은 죽음이었다고

오직 어깨 하나를 늘어뜨리고 그가 내 발밑에서 중얼
거렸다

가수들

    가수들이 성대 대신 푸른 성기를 내보였네 가수들의 노래는 늘 가수들 바깥에서만 서성거리고 단풍 들기 막 직전의 이파리처럼 떨리는 바이브레이션 파랗게 질린 얼굴을 하고 가수들은 실은 언제나 노래의 바깥에 있었네 노래하면 할수록 가수들은 마구 발가벗겨지고 오오오 사랑 따위 오래전에…… 가수들의 성기에선 철 지난 유행가가 뿜어져나왔네 매순간 분출하지 않으려는 가수들의 완강한 몸짓에도 노래는 뿜어져나오고 노래에 닿은 우리도 꼭 무언가의 바깥에 있게 되었네 오오오 사랑 따위 오래전에…… 철 지난 유행가처럼 우리는 마구 발가벗겨지고 성대 대신 푸른 성기만 덜렁거렸네

중얼중얼

그 여자 중얼거린다 주름 많은 공기가 만들어놓은 딱
딱한 껍질에 그 여자 헝클어진 머리카락이 끼였다 환등
기처럼 버스를 타고 지나가는 사람들 한번 지나간 사람
들 다시 지나가지 않는다 시멘트 바닥에 엎어놓은 아기
가로수처럼 멀쩡하게 자라 검고 마른 자궁 열고 들어온
다 무덤처럼 그 여자 배가 부푼다 팔짱을 낀 꽃들 이를
드러내고 웃는다 까르르르르르 웃는 여자들 자꾸 생겨난
다 껍질 속은 너무 좁고 껍질에 끼인 머리카락 빠지지 않
는다 그 여자와 똑 닮은 여자들의 눈알 속에서 그 여자
중얼거린다 그 모든 여자들의 눈알을 터트려도 여자들
사라지지 않고 그 모든 여자들마다 아기는 엎어지고 자
라고 자궁 열고 들어오고 그물처럼 자꾸 웃음 번져나고
다시 눈알 터트리고 시끄럽고 그 여자 마냥 중얼거린다
잊지 말아야 할 것들과 잊어야 할 것들 사이로 뚜벅뚜벅
한번 나간 시간은 다시 돌아올 줄 모른다 햇빛이 사금파
리 같거나 비 오거나 잎 지거나 눈 내리거나 바람 목 졸
리거나 입술이 멈추지 않는다 그 여자

웃는 봄날

입 없는 아이들이 웃는다
그들에겐 귀가 없는지도 모르고

웃을 때마다 아이들 없는 입에서 쏟아져나오는 거미떼
까르르르 거미들 몸에선 거미줄 뿜어져나오고
거리엔 온통 하얗고 끈적이는 거미줄
까르르르 입 없는 아이들 모두 허우적거리고 거려도

웃음 좀처럼 그칠 줄 모르고
거미들 끝없이 쏟아져나와 거미줄 뿜어내고
하얗고 끈적이는, 허나 입이 없어 소리도 없는
웃음, 커지고 커져 무겁고 무거워져
아이들과 거미들 웃음에 깔리고
아이들과 거미들 거리마다 펑,펑 터지고 터지면서도
까르르르 웃음 좀처럼 그칠 줄 모르고
까르르르 거미줄 좀처럼 그칠 줄 모르고

영영 갇히고, 입도 없이, 아이들, 거대한 거미집엔 듯,
스멀스멀스멀

입 없는 거리가 웃는다
거기엔 귀가 없는지도 모르고

죽은 나무

1
나니나니나 내일은 꽃이 필 거야
내일은 하얀 꽃이 필 거야
나니나니나 오줌을 싸자
어두운 가지에도 오줌을 싸자
누가 누가 높이 오를까
나니나니나 풀썩이는 먼짓길에도
오줌을 싸자 하얀 꽃이 필 거야

2
흰자위 검은자위
날아다니고 죽은 나무에
여자 앉았고

캄캄하고 그네 위태롭고
죽어서도 햇볕에

간지럼 타는 가지들

침 고이듯 고여서
흐르듯 노래
끝없고 여자
고개 기울이고

나무와 여자 함께
구름 그림자에 갇혔다
풀려나고 다시 갇히고

봄인지 아닌지
오후 한나절
흐린 눈동자만

팔랑팔랑팔랑

여자
다시는
여자를 못 보고

죽은 나무에
꽃 피어나고
하얗고
나니나니나

지하철

처음엔 남자가 여자의 무릎 위에 쓰러졌다
다음에 여자의 머리가 남자의 머리 위로 떨어졌다

남자의 머리와 여자의 머리가 흐물흐물 녹는다
남자의 한쪽 눈에 여자의 입술 반만 겹쳐졌다
여자의 목덜미 쪽으로 남자의 뻣센 머리칼이 파고든다

한덩어리 몸
한덩어리 살
점점 물러져 반죽처럼
흘러내린다
에잇 검고 더러운 물

나 그만 발목 적신다 적셨다 얼른 뺀다
발목이 보이지 않는다

덜,컹

팔락거리는 나비 날개 가루 한 알처럼 뿌려지다 허공
에 잠시 멈춘 채로 타는 노을 앞에서 나 마냥 앉아 있고
만, 해지고 해진 날들의 가구공장 삐걱거리는 경리 만나
러 용인 황새울 가던 길 낯선 신작로에서 버스는 덜컹거
리다 덜,에서 고장나 아직 컹,하지 않은 순간에 서서 나
아가지 않고 버스 안 차창에 기댄 노파의 멈춘 주름 사이
로 길가 너른 밭 파꽃들 송두리째 옮겨가고 옮겨가 노을
에 더욱 징그럽고 버스 곁을 지나던 아이들이 돌리던 신
발주머니 원심력과 구심력이 팽팽히 맞선 지점에 걸려
달싹도 못하고 길들은 흐느적거리며 노을 속으로 뛰어들
고 뛰어들어 젖고 젖어 아예는 빠져죽고 길어지는 그늘
도 그늘의 바깥도 잠시 곁에 거느리고 나 마냥 앉아 있고
만, 축축하고 서툰 어둠이 올 것도 잊고 그만그만 그것만
은……도 잊고 해지고 해진 날들의 가구공장 삐걱거리는
경리가 쥐여줄 손수건도 그 손수건 두고 올 것도 섣달그
믐 긴 전화선이 이제 그만 결혼한다는 해지고 해진 날들
의 가구공장 삐걱거리는 경리의 눈물로 혼선될 것도 잊

고 열 살 많은 남편 사이에서 태어날 해지고 해진 날들의
가구공장 삐걱거리는 경리의 장난꾸러기 아들들도 잊고
먼지 뒤집어쓰고 굴러다닐 나와 해지고 해진 날들의 가
구공장 삐걱거리는 경리의 해골도 잊고 나 마냥 앉아 있
고만, 멈췄던 그 모든 바깥을 들처업고 팔락거리는 나비
날개 가루 한 알처럼 아무도 모를 어딘가 내려앉아 땅거
미에 묻히기 전까지 그때까지만 타는 노을 앞에서 나 마
냥 앉아 있고만,

처녀들은 둥글게 둥글게 사라지고

햇빛이 포플러 나무 잎사귀마다 개구리처럼 와글와글 거렸으나 하늘색 교회당의 종소리는 햇빛처럼은 울리지 않던 날이었다던가 공터에서 처녀들이 둥근 춤을 추었더래 처녀들은 모두 하얀색 블라우스를 하늘거리며 검은 공단치마를 나풀거렸는데 처녀들이 발을 굴려 춤이 점점 더 둥글어질 때마다 공터의 속살이 보일락 말락 하던 것을 소년들이 녹슨 철조망에 꿰어져 흘겨보고 있었다지 총각들이 사라진 건 오래전 일이야 어느날 총각들을 검은 길이 돌돌돌 말아가버렸는데 검은 길은 다시 공터로는 기어들어오지 않았다는군 그때부터였지 처녀들의 춤이 시작된 건 그때부터였어 총각들이 떠난 공터에서 소년들이 처녀들을 사랑한 건 처녀들의 둥근 춤 주변으론 오래전부터 둥근 말이 떠다녔어도 아이고데고 둥근 말들은 둥근 노래가 되지 못했대 처녀들의 입 굳게 다물어지고 소년들의 얼굴 갈수록 파리해지고 소녀들은 아직 태어나지 않고 아이고데고 햇빛이 포플러나무 잎사귀마다 개구리처럼 와글와글거렸으나 하늘색 교회당의 종소리는 햇빛처럼은 울리지 않던 날이었다던가 마침내 둥근 춤을 추던 처녀들은 눈조차 뜰 수 없는 햇빛 속으로 둥글게 둥글게 사라져버렸대 녹슨 철조망에 꿰어져 꿰어진 소년들에게 그날 남은 햇빛들이 개구리처럼 달려들어 야윈 몸을 온통 붉게 뒤덮어버렸다나 힘겹게 소년들이 손을 뻗었으나 검은 공단 치마 한자락 잡아보지도 못한 그날부터 소년들은 자라려고 하지 않았대 공터에 덩그러니 남겨진 소년들이 꿰어진 사지를 잘랐다 붙였다 하기만 하고 아이고데고 하늘색 교회당의 종소리는 햇빛처럼은 끝내 울리지 않고 자라지는 결코 않는 소년들만 남은 공터로는 뼈만 남은 새들이 날아들었다던가 어쨌다던가 아이고데고 어허 나흐으

71

거리

내가 집어먹은 것은 좌판에 까발려진 불알이었어 시인(詩人)의 것인지 가인(歌人)의 것인지는 알 길 없었으나 그놈들 참, 좌르르르, 윤기 흐르고 버얼겋게 살이 올라, 으흐흐, 애진작에 집 나간 입맛깨나 돋우는 모양으로 늘어놓아져 있었지 값도 치르기 전 나는 냉큼 생피 뚝뚝 듣는 그 한 알 입 안으로 쏘옥 넣어보았는데 그놈 참 미끈매끈거리는 것이 혀끝을 살살 간질여설랑 달짝지근하니 잔뜩 침마저 고이게 하는 거여서 그예 더는 참지 못하고 꽉, 어금니로 깨물었더니, 툭, 비릿하고 끈적한, 채 소릴 입지 못한 말의 씨앗들, 한꺼번에 터져나와, 입 안이 온통 알싸해지더란 말이야 한 알만 주워먹어선 짝불알이라고 놀림이라도 당하지 않을까 하여 또 한 알 집어드는데, 좌판 저편, 헛, 참,

오래전 죽은 여자가 눈알도 없이 퀭한 눈구멍으로 나를 바라보고 있잖겠어 다 썩어 문드러진 여자의 살가죽 쉴새없이 씰룩씰룩거리는 양이 저 속에 무언가 살아 팔

딱거림이 분명은 한데 불알을 빼앗긴 시인(詩人)인지 가
인(歌人)인지 무엇인지 그 정체 도통 알 길 없고 진물 흐
르는 젖가슴이랑 사타구니 햇볕에 샅샅이 드러내놓은 채
자꾸 웃어 히죽히죽 캄캄하게 여자가

　　똑똑 부러져 어지러이 나뒹구는 커다란 꽃대가리들,
어디서 생고깃점이나 베어먹었는지 온통 새빨간 입술 사
이로, 말 얻지 못한 소리들만 무시로 흘려보내고나 있고,

제4부

분서(焚書) 1

이 서책(書册)에는
속눈썹이 없사옵나이다

얇은 눈꺼풀이 한겹 겨우 있기는
하오나 불길한 공기를 막아내기에는
역부족이옵나이다 하여 이 서책은
자주 눈병에 걸리기도 하옵는데
이 서책이 한번 눈병에 걸리면
서가 전체로 번질 수 있사오니
주의하셔야 하옵니다 전하
바라옵건대 안정(眼精)을 만지신 어수로는
이 서책의 책장 넘기기를 삼갑소서
아예 안정을 감고 서책을 감(鑑)하심이
어떠할까 하옵니다 전하의
눈병이 이 서책에 옮겨올까
심히 저어되옵나이다

이 서책에는
속눈썹이 없사옵나이다
이 서책의 각막은 하여
언제나 위태롭사옵나이다
이 서책의 홍채에 맺히는 소신도
전하의 용안도 여리고 여려
언제나 위태롭게 흔들리옵나이다
두려움 가득 담긴 상하기 쉬운 눈빛으로
이 서책은 어린 짐승처럼 그럼에도
보고 또 볼 것이옵나이다

하온데 어찌해볼 도리 없이 이 서책을
태워 없애버리셔야겠나이까
기필코 그리하셔야겠사옵나이까 전하
통촉하여 주시옵소서

분서(焚書) 2

어느 해 많고 많은 백성들이 제 몸에 불을 질렀사온데

한번 붙은 불은 여간은 꺼지지를 않고 온 나라로 번졌
사온데

소신은 행여 소신의 몸에 불의 혓바닥 끝이라도 닿을
까 벌벌벌

떨면서 불구경이나 실컷 하면서 그 광경을 서책에 기
록하였사옵는데

급하게 휘갈긴 글자들이 타닥타닥 소리를 지르며 타오
르다 못해 기세등등 불의 아가리가 두 겹으로 엮은 서책
의 낱장들을 야금야금 삼켜들더니

마침내는 족제비 꼬리털 뽑아 만든 붓마저 집어삼켜들
어서는 그만 얼른 붓도 서책도 놓아버리고 날아붙은 불
티에 재빨리 소매도 잘라버리고 그길로 타지로 도망을
하였사온데

도망에 도망을 보태도 도망이 되지를 아니하였거니와
휠휠휠 끝없이 타오르는 백성들 소신의 몸을 뚫고 지글
지글거리는 얼굴 내밀고 터져 쪼그라든 눈알 부라리고

시커먼 헛바닥 날름날름거리고 그 모양으로 세상천지 불타기 전 못다 부른 노래를 죄다 지어 부르고 부르고 부르고 하지를 않았겠사옵나이까

그들이 소신의 몸을 빌려 부르는 노래는 어느 이부(耳部)에 당도하나이까

결코 재 되어 없어지지는 않고 평생 불타오르기만 하는 이 몸을, 이제 몸이라고도 할 수 없는 이 불덩이를, 전하,

분서(焚書) 3

선왕께서 한날은, 이제 봄!이라 하시매, 이제 봄!이라
적었나니,

어디서 불려왔는지 모를 사내아이들과 계집아이들의
웃음소리가

궐 안에 시끌시끌 넘쳐났더이다 하나, 꽃처럼은 아니
고 나비처럼만

궁의 뜰을 날아서 연회에까지 불려나와 시끌시끌 신하
들의 귀에

달라붙어 앉았는데 신하들 죄다 귀에서 피를 쏟고 쓰
러졌더이다

선왕께서 한날은, 비로소 봄!이라 하시매, 비로소 봄!
이라 적었나니,

궁궐의 나무란 나무는 모도 꽃 필 자리에 종기를 매달
고 곪고 곪다가

끝내는 툭, 툭, 터져 피고름 온통 질질질 낭자하고 궐
안이 썩은 내로

진동하였으니 어린 내시들의 성기 모조리 잘리고 어린

무수리들

　모조리 처녀를 잃고 꼬부랑꼬부랑 하루아침에 늙은 뒤
였더이다

　선왕께서 한날은, 시름에 겨워 짐이 봄! 하면 거짓으로
라도 봄일진대

　야속고 야속다, 하시며 다시 꽃! 하시매, 다시 꽃!이라
적었나니,

　헤아릴 수도 없는 뱀들만 타래타래로 뻣센 비늘마다
꽃을 피워 궐 안에 창궐했더이다

　선왕께서는, 그예 광분하시었나니, 그러기가 삼동 휘
몰아치는 눈보라 같았더이다

　구중의 담장과 벽 들 꽝꽝 얼어붙어 고드름조차 달리
잖고 불기운도 없는 냉골의 침소에서

　온몸에 동상을 입어 쩍쩍 갈라져 터지는 얼굴로 선왕
께서 친히 불러 이르시되,

　실록에는 가까스로 봄!이라고만 라고만 기록하라, 가
까스로 하시매,

소신 망극에 망극을 무릅쓰고 그길로 퇴궐하여 이날 입때껏 필경사로나 떠돌았사온데,

　한 이른 봄 들리는 풍문에 실록이야 씌어지기가 부지하세월인데 선왕께서는, 시푸르뎅뎅

　산송장으로다만 가까스로 봄! 이라고만 라고만, 얼음 게워내며 지껄이고 지껄이신다 하였더이다

분서(焚書) 4

1　　　이해에는 아기들이 헤아릴 수 없이 태어날 것이로다 아기들의 머리는 다 익은 박보다 커 제 몸의 서너 배에 이를 것이니 이들을 낳은 어미들의 가랑이는 모두 찢어져 너덜너덜해질 것이고 그중 어떤 어미들은 뱃가죽이 터져 죽고 아직 양막을 뒤집어쓴 아기들이 제 머리의 무게를 못 이기어 자꾸 고꾸라지고 고꾸라지고 할 것이로다

2　　　아기들의 머리 점점 부풀어 이해의 가물고 가문 어둠 속에서 마침내 펑펑 아기들의 머리가 터질 것이로다 바람 빠진 커다란 고무공처럼 쪼그라든 아기들의 머리에서 쌀뜨물 같은 물이 흥건하리로다 이 허여멀건 물에 닿은 자는 남자고 여자고 아이고 노인이고 할 것 없이 머리 큰 아기를 낳을 것이리니 생산은 끊임없이 징글징글 계속될 것이로다

3　　　이해에는 또 이미 멀쩡히 자란 아이들도 그들의 성기가 여물 때까지 멀쩡히 자라나지 못할 것이로다 아이들은 하얗고 가지런한 이와 붉은 잇몸을 빛내며 환하게 웃고 히히덕거리며 제 가족의 살을 물어뜯을 것이로

다 가족을 다 물어뜯고는 이번에는 제 이웃의 살을 그도 다 물어뜯으면 제 동무의 살을 물어뜯을 것이로다 뜯다 뜯다 뜯다 지치면 제 야들야들한 살을 물어뜯으리니 그때에도 환한 웃음을 멈추진 않을 것이로다

4   이해에는 꽃들이 모두 가래를 뱉어낼 것이므로 곡식과 열매의 값이 높이 치달을 것이로다 그나마 싱싱한 빛깔을 지닌 열매와 곡식 들은 이를 구해 먹을 사람이 적으므로 거의가 다 썩어갈 것이로다

5   궐 안의 연못 물고기들은 느닷없이 커지고 비좁은 연못에서 아가미를 여닫으며 파닥거리고 비좁은 연못도 느닷없이 커진 물고기를 따라 넓어지고 깊어지고 혜성들은 꼬리가 휘어지며 때를 가리잖고 곤두박질치고

6   뱀은 허물을 벗지 못할 것이로다 몇겹의 허물을 뒤집어쓰고 몸부림치던 뱀들은 꼬리에서부터 제 몸을 입으로 삼켜들어갈 것이니 마침내는 모조리 제 몸을 삼켜 머리만 점처럼 남았다가는 그마저도 다 먹어치워 사라질 것이로다 나라가 이와 같을지니

7   이해가 오기 한 해 전부터 저잣거리에 이 말들은 두루마리로 은밀히 전해지며 떠돌 것이로다 말들은 오호 무섭게시리 새끼에 새끼를 치며 사람들의 온몸에 오소소 소름 돋울 것인데

8   왕은 이 말들을 퍼트린 최초의 자들을 잡아들이기에 골몰할 것이로다 대신들을 모두 수종을 앓기 시작할 것이로되 왕은 이 낌새를 눈치채지 못할 것이나 후일에 왕은 대신들의 옷을 모두 벗겨 수종을 음낭에 난 것까지 모조리 터트릴 것이로다 이 말들을 퍼트렸다고 의심되는 자들은 왕의 가장 가까운 사관들일 것이로다 이들이 잡히는 날은 삼동에도 춥고 추운 날인지라

9   궐 안의 넓어진 연못도 두껍게 얼음을 이고 있으리니 왕은 이들을 묶어 연못 한가운데 세워둘 것이로다 아직 펄펄 살아 사람보다 커진 연못의 물고기들이 얼음 아래에서 머리를 부딪쳐 얼음을 깰 것이로다 얼음은 깨어지고 깨어진 얼음의 날카로운 조각에 죄인들의 목 댕강 잘려 얼음 위를 나뒹굴 것이로다 몸은 애진작에 물고

기밥이 될 것이로다

10   왕비가 이들을 불쌍히 여겨 머리 하나를 무릎 위
에 놓고 슬퍼할 것인데 왕비 이날부터 태기 있어 사흘 만
에 배가 만삭처럼 부풀 것이로다 이레 만에 자궁을 찢고
태어난 아기는 다 익은 박보다 머리가 큰 아기일 것이니
왕은 그예 몸서리치며 아기를 그만 쥐도 새도 밤도 낮도
모르게 처분하라 이를 것이나 그 아기 저잣거리에 버려
져 그 모든 것의 끝이 비로소 시작되리로다

분서(焚書) 5

　물고기처럼 글자들은 어느날 하늘에서 쏟아져내렸느
니라 이제 겨우 솜털을 갓 벗으신 왕이 젖어 팔딱거리고
비리디비린 글자들을 커다랗게 구순을 벌리시어 죄 주워
잡수시었더니 나라 안의 책이란 책의 모든 쪽이 모조리
백지로 바뀌었느니라 글자들의 잔가시가 왕의 목구멍에
상처를 냈는지는 감히 왕의 구순을 벌려보지 못해 알 수
는 없이 그저 짐작이나 할 뿐이었지만 그럴 것임이 틀림
없다고 오줌소태 앓듯이나 찔끔찔끔 고통스럽게 생각해
보는 것이었는데 뒤에도 왕은 글자들을 게워내는 법 전
혀 없으시었으니 나라 안의 사람이나 짐승 무리는 제 몸
속의 글자들을 모조리 빼앗기었거나 한 듯이 더이상 자
식을 낳아 기르지 못하였으며 풀들도 헛꽃만 피워 흔들
리다 이내 시들어버리고 새로 꽃 피우지 못했거니와 나
무도 또한 열매 맺지 못하였느니라 간택을 위한 처녀단
자도 모두 되돌려보내지고 왕은 밤도 낮도 소갈병에나
걸린 듯이 해도 끝없이 웃음만은 흘리며 엎드려 말라갔
는바 물고기 같은 글자들이 왕의 몸속에서 어떤 모양의

지느러미를 흔들며 헤엄치는지 날아다니는지 들여다볼 길 또한 없으매 나라도 왕과 같이 뼈에 가죽만 걸쳐놓은 모양으로 비쩍비쩍 말라갔느니

괴이하고 괴이하여 한날 밤은 왕의 침소 창호지 문에 구멍을 내고 남도 나도 모르게 들여다보았는바 허연 달빛을 타고 스윽 웬 사내아이가 헤엄치듯 창을 넘어오는 것이 아니겠는가 한데 사내아이는 이제 겨우 솜털을 갓 벗은 애티가 줄줄 흘렀으나 또한 사내이기도 한 것이어서 코밑이 제법은 거뭇거뭇하여 젊으나 젊으신 왕과는 비슷은 하였으나 또 참 달라도 보였더라 사내아이는 스르륵 옷을 벗더니 새하얀 빛나는 알몸으로다 또한 알몸으로 엎디인 왕의 항문을 벌리어 손가락 손 팔목 어깨까지 집어를 넣더니 이번에는 머리까지 아예는 온몸을 통째로 아무렇잖게도 쑤셔를 넣어버렸댔잖겠는가 왕은 간지럼증에라도 걸린 듯 끝없이 웃음을 쏟아내고 내도 글자들은 게워져나오지 않고 왕을 뒤집어쓰고 사내아이는,

왕이랄 수도 사내랄 수도 아이랄 수도 있는 또 없는 그이
는 한밤 내 짖고 까불고 덩실덩실 춤추고 그 덩실덩실마
다에 덜 여문 성기 또한 덜렁덜렁거렸지만서도 밤은 밤
대로 이슥해져만 갔더니 이윽고 부옇게 동창이 밝아올
때까지도 그리하였더라 하였더니 이제는 왕의 구순을 벌
리고 사내아이가 빠져나오는 것 아니겠는가 흩어진 옷가
지를 걸치더니 사내아이 스윽 헤엄치듯 창을 타고 넘어
가는데 부리나케 쫓았더니 궐 안 연못에서 풍덩 소리만
한번 세차게 들려왔느니

　밝아 지체할 틈 없이 연못의 물 다 퍼냈더니 거기 커다
란 잉어 한 마리 진흙을 감고 쉭쉭거리고 있었느니라 잉
어의 배를 갈라봄은 당연지사 아가미 끝에서부터 꼬리까
지 가른 잉어의 뱃속에서 우르르르르르르 물고기떼처럼
글자들이 쏟아져나왔느니라 쏟아져서는 글자들 잠시 팔
딱거리더니 제 몸을 찾아 훨훨훨 날아갔느니라 옥체도
나라도 점차로 살이 붙고 혈기 돌게 되었는바 왕이 그 커

89

다란 잉어 사흘 밤낮을 고아 자신 뒤였느니라 뒤로도 왕
은 물론이려니와 궁중의 어느 누구도 옥체를 드나들던
사내랄 수도 아이랄 수도 있는 또 없는 그이를 기억하는
이 내내 없었더라

분서(焚書) 6

죽어도 눈 못 감고 춥고 춘 강에 오니
머리 여럿 개떼들만 흐득흐득 울어대네
내 차마 강 못 건너고 두 눈 가득 피만 뚝뚝

봄볕 좋은 한나절 단잠을 깨어보니
내 머리 베고 있던 님의 용포 소맷자락
이 잠을 고이 보살펴 손수 잘라놓으셨나

뜨거운 님의 입김 귓불을 간질이고
아직도 뜨거운 밤 수작을 못 잊으니
님 그려 소맷자락만 붙잡고서 용두질만

님의 곁 웃고 있는 그년을 못 죽이어
죽어서도 눈 못 감고 중음을 떠도는데
히히힛 밤새처럼만 궁궐 안에 울어예리

감추고 감춘다고 마음이야 잊히리까

찬 땅에 묻힌 시동 나뿐이 아니거늘
어이해 밤새 소리에 귀를 닫고 계시니까

그 귀에 고름 나고 두 눈엔 눈병 나고
성기에 매독 번져 입술은 부르트고
아이야 불러보아도 살아날 리 있으리오

분서(焚書) 7

이곳에 유배된 지 수삼년 원통도 원망도 꽃 피고 꽃 지는 일이나 한가지로 되었는데, 한날은

저녁참에 사립문 안쪽이 소란스러워 손바닥만한 뜰에 나섰더니

임금의 용안을 한 물고기가 썰물도 거슬러 기어를 오는 거였더랬다

입을 뻐끔거리며 눈알 끔벅거리며 아가미 겨우 여닫으며

결코 한 마리는 아니고 떼로들 몰려서 수많은 용안의 물고기들

사립문 안쪽에서 날이 저물고 새도록 찍찍 울며 파닥파닥거리는 것이었으니

한잠도 자지 못하고, 배는 쓸려 창자 쏟아지면서도 울음 그치잖고

지느러미조차 닳아 앙상한 용안의 물고기 한 마릴 주워 들여다보았으나

그놈의 얼굴 용안이 씌었으되 결 고운 비늘마다마다엔 내 얼굴 비쳐 있어

그놈들을 무어라 불러야 할지 몰라 하루 내 전전긍긍
하였더랬다

그놈들의 이름은 한 얼굴의 임금 쪽인가 수많은 얼굴
의 내 쪽인가 하였으나

감히, 그 이름, 지어내지 못하였는데, 생기를 잃고 피그
르르 무너지는 놈들마저도

찍쩍 찍쩍 도무지 울음 그칠 줄 몰랐으므로 죄다 그러
모아 솥에 넣고 삶았다

내 얼굴 비쳐 있던 비늘이야 죄 털려 떨어졌어도 비린
날것이던 용안은

푹푹 잘 익은 용안이 되었더랬으나, 그예 멈추잖고 장
작 한 부석 더 매어

고고 고았더니 용안도 내 얼굴도 간데없고 보얀 국물
만 남았더라

예부터 용안을 삶아 먹었다는 말은 없거니와 기름기
하나 없는 국물이

보양될 리 만무하다 여겨 시궁으로 흘려보내고 그만

말았다

　감히 이름을 지어내지 못하였으니 후세에 이 물고기를
만나서도

　그저 이름없는 물고기라 용도도 맛도 알기 어렵고

　백성들이 용안을 알아보기 또한 어려우니, 기록하여
전한들 무에 쓸 데 있겠는가, 하여 이 또한 그만 말았다

분서(焚書) 8

　대낮에도 검은자들이 찾아온다 처음에 검은자들은 푸른자들이었다 푸른자들이 끝 간 데까지 가 제 몸을 불살라 토해놓은 이 검은자들이 나는 무섭다 검은자들의 검은 피톨들 점점 내게 옮겨오고 궁궐의 물빛 검어지고 정원의 이파리들 모두 검고 검은 하늘에 검은 궁궐 떠가고 검은 궁궐에 검은 내가 둥둥 검은자들을 나는 무슨 글자로 써내려가나 하거나 말거나 검은자들은 내가 써내려간 글자들을 먹어치운다 먹성좋게 내 이름자도 왕의 치세도 사각사각, 사각사각 소리만 종일 들린다 눈귀 어두운 왕이 이 검은자들을 알 리 없고 나는 다만 무서워 검은자들 사이로 몸을 낮춘다 글자들 도무지 분간할 수 없고 물정 또한 모두 흩어지니 너무 쉽게 나는 한 검은자에서 다른 검은자로 쉴새없이 미끄러 미끄러만 지누나

분서(焚書) 9

소리들, 붉거나 푸르딩딩하거나 맵차거나 눈부신
무어라 입술을 움직거려보나 몸은 썩어가고
바람이 내 앞에 와 옷을 벗는다 벗다가 도로 입는다
공중엔 하얀 하얀, 내가 네게로 보낸 눈빛들 숱한 눈병들

정원은 우거지고 우거진 머리칼 사방에 헝클어지니
무어라 입술을 열어 말해보나 이 한 생애
없어라 임금도 신하도 용상도 호령도 말도 글도
나 또한 너이거니 삶 또한 죽음이거니 고통도 잦아들어

평생 내 안에 가둬두고 키운 건 소리들뿐이었구나
너무 쉬이 몸을 빠져나가 소리들, 바람 더불어 가고
가서 영영 안 들리고 보이지 않고 영영, 눈 검어지고
날 다 저물도록 포르르 새 한 마리 날지 않는다

분서(焚書) 10

　왕이 승하하신 뒤 입에서 먹물이 콸콸 쏟아지더이다
먹물처럼 어두운 날은 아니었지만 온몸에 먹물이 스며
왕의 죽음은 필경 어둡고 어두웠습니다
　명주수건 수십장이 새까매지도록 시신을 닦고 또 닦아
털이란 털 다 깎아내고 손톱 발톱도 모조리 뽑았습니다
염천 더위에 부패할까 저어하여 염수에 담가 절였습니다
온몸에서 물기 빠지자 재단선 그려 가죽을 벗겨내었습니
다 머리는 머리대로 몸은 몸대로 팔다리는 팔다리대로
또한 성기는 성기대로 석회액에 담가 느슨해진 모근 제
거하고 가죽에 붙은 붉은 살찌꺼기는 쇠주걱으로 긁어내
었습니다 한결 얇아진 왕을 다시 석회액에 담갔다 물로
씻어내고 또 다시 염수에 절였습니다 이어 어유(魚油)에
담금질하며 두드리고 말리기를 반복하였습니다 할수록
왕의 머리는 눈구멍 입구멍 콧구멍 귓구멍은 있으나 넓
게 퍼졌고 팔다리 손가락 발가락 들도 그러하였습니다
성기의 긴장은 풀어졌고 불알을 감쌌던 피부도 쭈글쭈글
한 주머니이기를 포기하였습니다 동그랗게 말아 이어붙

이면 다시 왕의 모습이 될 것도 같았습니다 바람에 왕을
말리고 두드리길 수십번 축축한 톱밥 채워 다시 물기를
보태는 과정까지를 마친 뒤에 한지로 배접하여 한 권으
로 엮었습니다 어떤 쪽에는 얼굴이 있고 어떤 쪽에는 성
기가 있습니다 왕은 죽어 책을 남겼습니다

대저 여기에 무엇을 더 기록할 바이겠습니까 우둔하여
제목도 짓지 못한 채 책을 보냅니다 곁에 두고 이따금 펼
쳐보소서 뜬세상 한나절 한가로움*을 어느 몸에서 또 얻
을까 하옵니다

* "우득부생반일한(又得浮生半日閑)", 이섭(李渉)의 시 「등산
(登山)」.

'실재'와 만나는 희생제의

함돈균

세계의 내부와 외부가 구별되지 않던 시절이 있었다. '바깥'이 없었던 이 시절, 바다는 하늘을 보여주었고, 사슴의 뿔에서는 대지의 나무가 자랐으며, 사물들은 긴밀한 고리로 연결되어 서로를 비추는 거울이 되었다. 인간의 두 눈 역시 태양빛과 달빛에 서린 영혼을 담고 있었다. 거북의 등껍데기 모양에서 세계의 실재를 읽고 인간의 말이 만상의 실상을 드러내던 이때야말로, '시인'의 언어가 따로 존재하지 않던 시절이었다. 이런 차원에서 현대시의 수사를 이루는 핵심 중 하나가 은유(metaphor)라는 사실은, 말의 관점에서는 축복이라기보다는 차라리

모종의 비극적 상황을 암시하는 것이라고 봐야 한다. 그것은 세계의 진상 자체이던 말이, 이제 '상징'(symbol)으로서의 신성함을 상실함으로써 하나의 '기호'(sign)로 전락한 시대를 전제하고 있는 수사 형식이기 때문이다. 미메씨스적 열망에도 불구하고, 은유에 기초한 현대시의 언어가 객관 사물세계의 표지가 되지 못할 뿐만 아니라, 공동체의 시민적 언어문법과도 괴리되어 있는 '소외된 말'이라는 사실을 기억하는 일은 그러므로 생각보다 중요하다. 근본적 관점에서, 이는 현대시에서의 알레고리적 수사의 불가능성을 암시하는 일이기 때문이다. 알레고리는 사물과 사물, 말과 세계, 텍스트와 텍스트 바깥의 경계를 인정하지 않음으로써, 시인의 언어 자체를 존재론적 암유(暗喩)로 관철하려 한다. 그것은 시인이 곧 '예술가'로 '분화'되고, 예술가로서 시인이 다루는 말이 스스로 창조해낸 '자율적 언어'가 되는 근대의 미적 상황을 인정하려 하지 않는다. 알레고리는 여전히 '견자(見者)'로서의 시선을 견지하며 스스로의 입을 존재의 표지를 토해내는 통로로 받아들이려는 완강함을 지닌다는 점에서, 엄밀히 말해 (근대적) 예술가의 언어형식이라고 하기 어렵다.

김근의 이번 시집이 모두 알레고리적으로 씌어졌다고

말하기는 어렵지만, 적어도 이 시집에 쓰인 상당수 언어를 은유적이라고 할 수 없다는 사실만은 분명하다. 이 시집의 중요한 테마를 이루는 적지 않은 시들은, 하나의 시적 대상을 시인의 창조적 직관을 통해 비슷한 이미지의 또다른 부분대상으로 압축하거나 대치하려 하기보다는, 시인이 축조한 말의 세계 자체를 곧 세계의 축도를 담은 실상으로 제시하려 한다. 이런 종류의 시들의 경우, 엄밀히 말해 텍스트의 내부와 외부는 존재하지 않으며, 시인의 언어는 그 자신의 고유한 것이라고 하기 어렵다. 그의 언어는 예술가로서의 자의식을 지닌 시인의 것이라기보다는 세계의 진상 혹은 존재의 비의를 엿본 견자로서의 언어이며, 그런 차원에서 화자의 목소리는 사태에 대한 객관적 관찰자의 진술 비슷한 것이 되거나, 곧 도래할 불길한 미래를 강력히 암시하는 주술적 언어로서의 역할을 자처하기 때문이다. 하지만 김근 시에서 이러한 목소리들의 존재는 오늘의 시적 상황에 대한 무지의 소치가 아니다. 오히려 이는 오늘의 시가 처한 존재론적 조건을 냉정하게 직시한 이후에 취해진 역설적 대응방식의 하나라는 차원에서 주목을 요한다. 다시 말해 김근의 알레고리적 언어가 알레고리적 언어 특유의 미메씨스적 동경에도 불구하고, 언젠가는 말과 화해해야 할 사물세계의 실상을 '영원한 자연'(코스모스)과 같은 관념적 세계에 두지 않는다는 사실을 기억하는 일이 중요하다. 이번 시집의 가장 중요한 테마 중 하나라 할 수 있는 그의 '분서(焚書)' 연작은 고대세계의 환란과 재앙에 관한 기이한 주술적 이미지들로 가득 채워져 있지만, 여기에서도 문제가 되는 것은 코스모스로부터 이탈한 세계가 아니라 오히려 인공의 질서라 할 노모스(nomos), 특히 정치세계 내부의 메커니즘이다.

　선왕께서 한날은, 시름에 겨워 짐이 봄! 하면 거짓으로라도 봄일진대

　야속고 야속다, 하시며 다시 꽃! 하시매, 다시 꽃!이라 적었나니,

　헤아릴 수도 없는 뱀들만 타래타래로 뻣센 비늘마다 꽃을 피워 궐 안에 창궐했더이다

　선왕께서는, 그예 광분하시었나니, 그러기가 삼동 휘몰아치는 눈보라 같았더이다

　구중의 담장과 벽 들 쾅쾅 얼어붙어 고드름조차 달리잖고 불기운도 없는 냉골의 침소에서

　온몸에 동상을 입어 쩍쩍 갈라져 터지는 얼굴로 선왕께서 친히 불러 이르시되,

실록에는 가까스로 봄!이라고만 라고만 기록하라,
가까스로 하시매,

—「분서(焚書) 3」 부분

이번 시집에 실린 '주술적' 연작시 중 한 편인 이 시를
정치풍자시로 읽는다고 해서 그것을 틀린 독해방법이라
고 말하기는 어려울 것이다. 그러나 이렇게 해석할 경우
에도 주의해야 할 점은, 이 정치의 내용이 단지 백성에
대한 임금의 폭정과 같은 종류의 것이 아니라는 사실이
다. 여기에서 확실히 문제가 되고 있는 것은 '말'의 타락
과 관련한 사태이다. 그것은 세계의 진상을 담고 있어야
할 '말─책'(실록)과 책 바깥 현실의 괴리이며, 그런 식으
로 유통되어온 공식적 기록으로서의 '역사'의 허구성이
다. "구중의 담장과 벽 들 꽝꽝 얼어붙어 고드름조차 달
리잖고 불기운도 없는 냉골의 침소에서"도, "실록에는 가
까스로 봄!이라고만 라고만 기록하라"라고 할 때, 세계의
진상과는 상관없이 선왕의 전언은 곧 '역사'가 된다. 정
치세계의 언어는 이런 식으로 기록되고 유통되고 전승됨
으로써 실상 없는 언어의 타락을 부추기고, 이러한 말의
표리부동이 공공적 언어의 본질로 둔갑하며, 이러한 사
태가 '모든 언어는 지배언어'라는 근대적 명제를 승인할

수밖에 없는 유력한 증거가 되기도 한다. '분서' 연작이 폭로하는 말의 억압과 왜곡 과정이 언어 자체에 내재한 어떤 형이상학이나 기호론적 한계에 말미암은 것이 아니라 말을 억압하고 지배하려는 정치담론의 메커니즘 때문이라는 점이 분명하다는 면에서, 확실히 이는 풍자적인 '정치시'라고 할 만한 여지를 지닌다.

하지만 여기에서 다시 한번 눈여겨볼 점은 이 시들이 지닌 알레고리적 성격이다. 김근의 '분서'는 시가 된 스스로의 언어를 통해, 타락한 말의 세계와 그 말들이 구축한 억압적 정치세계보다 더 근원적이고 강력한 또다른 말의 세계가 존재함을 드러낸다. 김근의 '분서'는 선왕의 말을 적은, 그래서 유일한 '역사'가 되어버린 실록의 세계 전모를 메타적으로 '논평'한다. 근본적인 차원에서 볼 때 선왕의 전언으로서의 역사보다 더 우위에 있는 것은 이 사태를 직시하고 논평하는 '분서'의 언어다. 김근에 따르면 이 세계에는 두 종류의 책이 있다. 하나는 말에 대한 억압과 지배를 욕망의 본질로 하는 저 표리부동한 "실록"이다. 다른 하나는 세계의 전모를 드러나지 않는 눈으로 직시하며, 나아가 타락한 말의 세계에 도래하는 끔찍한 재앙을 기록하고 예언하는 비기(秘記)와 참서(讖書)로서의 "서책(書冊)"이다. 당연하게도 타락한 지배언어의 관점에

105

서 이 '서책'은 존재해서는 안될 금서이며 태워버려야 할 책('분서')이 된다. 실록이 세계의 진상과 가장 멀리 있는 표리부동한 말의 기록이라는 차원에서 반알레고리적이라면, '서책'은 세계의 진상에 대한 명실상부한 기록이라는 차원에서 알레고리적이다. 이미 독자들은 눈치챘겠지만, 궁극적으로 말해 이 '서책'을 쓰는 자, 이 알레고리의 언어를 구사하는 "필경사"(사관(史官)이 아니라)야말로 시인 자신일 것이다. 지배담론에 의해 질식당하기는커녕 오히려 지배담론을 왜소화하고 선왕에게 강박증을 선사하며("…이라고만 라고만 기록하라"라는 목소리에 묻어나는 저 불안과 조급함을 보라!), 그 타락의 전모와 사물 세계의 실상을 직시하면서("두려움 가득 담긴 상하기 쉬운 눈빛으로/이 서책은 어린 짐승처럼 그럼에도/보고 또 볼 것이옵나이다" 「분서(焚書) 1」), 그 타락이 부를 불길한 전조를 예언하는("이 서책의 홍채에 맺히는 소신도/전하의 용안도 여리고 여려/언제나 위태롭게 흔들리옵나이다" 「분서(焚書) 1」) '서책'의 언어는 확실히 견자의 그것을 닮았다.

이 또다른 책의 존재를 믿는 김근은 지배언어에 의해 구축될 수밖에 없는 문화의 질서 이면에 시공을 초월한 어떤 근원적인 '배후'가 있다고 믿는 듯하다. 그러나 다시 한번 강조하건대 이는 어떤 순수한 기원으로서의 '자연의 섭리' 같은 것이라기보다는, 억압될 수 없고 억압되어서도 안되는 어떤 '실재(實在)'의 존재라고 보는 것이 더 정확할 것 같다. 이 연작시에 등장하는 온갖 환란과 재앙의 표지들인 궐 안에 창궐한 뱀과 종기 달린 나무, 글자를 삼킨 잉어, 다 익은 박보다 큰 아기들의 머리 등은 모두 이러한 '실재'의 현시이다. 그리고 이것이 '실재'의 현시라면, 그 누가 이 언어들의 돌연한 출현을 막을 수 있을 것이며("이 서책(書冊)에는/속눈썹이 없사옵나이다//얇은 눈꺼풀이 한겹 겨우 있기는/하오나 불길한 공기를 막아내기에는/역부족이옵나이다"「분서(焚書) 1」), 이 언어들의 불길한 확산을 또한 막을 수 있을 것인가?("어느 해 많고 많은 백성들이 제 몸에 불을 질렀사온데/한번 붙은 불은 여간은 꺼지지를 않고 온 나라로 번졌사온데"「분서(焚書) 2」) 그러므로 우리는 이 '서책'이 왜 기이한 재앙의 기록이자 예언인 비기와 참서의 주술적 목소리로 기록되었는지를 짐작할 수 있다. 비기와 참서야말로 말과 세계가 한몸을 이루는 책이기 때문이다. 그것은 모든 공식적 '문자'들이 억압하고 있는 '말'들의 세계가 있으며, 살아 있는 말들의 세계는 문자로 옮겨지고 전승되는 모든 공식적 기억의 세계와는 다르며 그보다 훨씬 크다

107

는 사실을 증명한다. 세계의 진상과 간극을 가지지 않는 말의 세계라는 차원에서, 그것을 굳이 '문자'의 세계라고 말해야 한다면 거북의 등껍데기에서 우주의 표지를 읽었던 갑골문자의 세계라고나 해야 할 것이다. 다시 말해 비기와 참서야말로 '실재'의 표지이다.

김근의 '분서'는 태워졌어야 하나 태워질 수 없는 어떤 억압의 기억들을 재앙의 표지들로 환기하며, 시인은 스스로 이 재앙에 대한 '필경사'를 자처한다. 그리고 이 '필경사'에 의해 2000년대 후반에 돌연 출현한 이 '반시대적' '서책'은 알레고리 특유의 보편적 환기력을 통해 까마득한 고대세계의 재앙의 기록을 우리 시대로 불러들인다. 이 '서책'의 효과는 눈에 띄지 않지만 즉각적이다. 모든 비기와 참서가 그러하듯, 그것은 존재 자체만으로 타락한 지배언어의 어떤 몰락을 암시하며, 그리하여 미래의 파국을 앞당기는 예언이 되기 때문이다. 물론 이 시의 '선왕'처럼 사물의 진상을 왜곡하고 말의 순결함을 타락시키는 우리 시대의 지배자들은 "이 말들을 퍼트린 최초의 자들을 잡아들이기에 골몰할 것"이며, "죄인들의 목댕강 잘려 얼음 위를 나뒹굴 것이"다(「분서(焚書) 4」). 그러나 역설적으로 말해 이 억압적인 지배행위야말로 이 '서책'의 즉각적인 효과가 아닐 수 없다. 알레고리적 언어가

담지하고 있는 모종의 '실재'에 맞서려는 이 지극히 왜소한 지배행위야말로, 그들 스스로 '끝'을 의식하고 있음을 반영하는 강박적 행위임이 분명하기 때문이다. 서책의 예언에 따르면 저간의 사정이 머지않아 불러올 사태는 다음과 같다.

> …죄인들의 목 댕강 잘려 얼음 위를 나뒹굴 것이로다 몸은 애진작에 물고기밥이 될 것이로다
> 10 　왕비가 이들을 불쌍히 여겨 머리 하나를 무릎 위에 놓고 슬퍼할 것인데 왕비 이날부터 태기 있어 사흘 만에 배가 만삭처럼 부풀 것이로다 이레 만에 자궁을 찢고 태어난 아기는 다 익은 박보다 머리가 큰 아기일 것이니 왕은 그예 몸서리치며 아기를 그만 쥐도 새도 밤도 낮도 모르게 처분하라 이를 것이나 그 아기 저잣거리에 버려져 그 모든 것의 끝이 비로소 시작되리로다
> ──「분서(焚書) 4」 부분

하지만 우리가 여기에서 기억해야 할 또 하나의 사실은, 이렇게 '서책'의 필경사를 자처한 김근의 시작행위가 지닌 희생제의적 성격에 관한 것이다. 앞서도 지적했듯이 주술적 언어가 된 그의 시는, '자율적 언어'라는 (근대

적) 예술가의 지위를 비로소 포기함으로써 얻어진 결과
물이기 때문이다. 그러므로 이론의 여지 없이 이 주술적
언어의 도래는 우리 시대의 어떤 불행을 현시하는 것이
기도 하다.

*

하지만 이번 시집에 나타난 김근 시의 희생제의적 성
격에 관해서 말할 때, 우리는 그 언어의 성격을 알레고리
적 언어가 지닌 형이상학이나 말의 공공성 같은 차원과
는 별개로, 좀더 개인적인 차원에서 살펴볼 필요가 있다.
첫번째 시집 『뱀소년의 외출』에서 김근은 기원조차 알
수 없는 금기의 항아리와 그 안에 살고 있던 머리칼만 수
십발 자란 아기들, 징그럽게 열린 붉은 열매들, 어미의
몸뚱아리를 휘감은 흰 뱀, 해골들, 늙어 흐느적거리는 할
미와 할아비가 있던 시골 뒤란의 기이한 풍경을 우리 눈
앞에 선명하게 갖다놓은 바 있다. 물론 이 뒤란의 풍경은
시인의 개인사에서 길어올려진 것이며, 이 풍경에 아비
가 부재하다는 사실은 그런 차원에서 매우 의미심장한
일이라고 하지 않을 수 없었다. 어떤 식으로 이 풍경의
그로테스크를 해석하건, 이 뒤란의 풍경은 정상적인 뿌

리를 갖지 못한 아이의 기이한 탄생과정에 관한 것이었고, 이 탄생이 결핍과 상처로 얼룩진 상황 속에서도 일종의 기이한 태몽처럼 무언가를 꿈꾸는 과정이었다는 사실을 기억하는 일이 우선 중요하겠다. 하지만 시인 스스로가 이 시집의 「시인의 말」에서 밝히듯, 김근에게 더 중요했던 것은 그 꿈의 완성된 내용이 무엇인가가 아니다. 중요한 것은 그가 죽은 어미를 장사지내기 위해 배를 깔고 외출을 시도한 뱀소년('사복(蛇福)')의 외출이나, 자의와 무관하게 터부를 어긴 어린 막내딸이 구렁덩덩신선비의 사랑을 얻기 위해 온몸으로 감당해야 했던 지하세계의 시련의 과정 자체를 '시'로 받아들인다는 점이다. 이 경우 시의 언어란 시인의 표현을 빌리자면 '행복'의 제단—물론 이 행복은 궁극적으로 그 자신만의 것은 아닐 것이다—에 바쳐지는 끔찍하고 수고로운 봉헌물 외에 아무것도 아니다. 인신공희(人身供犧)의 거룩함이란 죄 없는 개인의 대속(代贖)이 지니는 신비에 깃든다. 말의 타락을 세상 전체의 타락이라고 여기는 시인에게, 그의 인신공희는 한 시대의 불행을 대신하여 지극히 사사로운 어떤 기억을 재구하고 반추함으로써 개인의 역사와 꿈 전체를 오염된 말의 세계와 맞바꾸는 행위이다. 그러나 그것은 역설적으로 오염된 말의 공동체에 안정을 가져다주는 것이 아니라 '죽음'을 불러들이는 기이하고 위험스러운 행위가 된다. 왜냐하면 그가 불러들이는 죽음은 지하세계에 속한 것이며, 이 죽음은 '실재'의 다른 이름이기 때문이다. 김근의 두번째 시집에 목숨 없는 것들, 형상을 얻지 못한 것들의 목소리와 이미지가 그렇게도 자주 반복되는 까닭 중 하나가 여기에 있다.

하지만 이 희생제의는 근원적으로 볼 때 역시 시인 자신의 '구원'의 문제와 분리될 수 있는 것이 아닐 터이다. 첫번째 시집이 치른 제의의 중심이 시인의 개인사에 얽힌 추억의 재구를 통해 한 소년의 기이한 탄생과정과 가족사에 맞추어졌다면, 두번째 시집에서도 여전히 계속되는 이 고통스러운 과정은, 애초에 형상이나 목소리의 주체조차도 분명하지 않은 어떤 존재의 암중모색에 바쳐진다. 예컨대 "저 사나운 아가리에서부터 신성한 똥구녕으로 이어지고 마는 배아지 속으로" 들어가 "어둡고 축축한 문들 미끌미끌한 손잡이가 몇개씩 붙은 그 많은 문들의 주소"를 더듬으며 "그도 아니고 그 아닌 것도 아닌 그의 얼굴"(「복도들 1」) 사이에서 방황하는 화자나, "꽃도 피지 않고 죽은 나무나 무성한/무서운 경계로" 걸어가는(「바깥에게」), 혹은 "문 안쪽의 일이라/그의 해골 수십구인지 수백구인지/수천 수만인지도 모르겠는,/하여 아예는 산산이 수많은 그로 찢어져/진짜 그가 누구인지 행여 이제는 단 한 구도 그의 해골이 아닌지도 모르겠는, 여기"(「복도 들 3」)를 서성이는 저 화자의 두려움과 당혹스러움은, 지하세계의 수난을 스스로 감수하고자 했던 저 민담 속 막내딸의 그것과 본질적으로 다른 것이 아니다. 그러나 이 암중모색은 스스로의 정체성조차 확신하지 못하는 존재의 자기모색이라는 차원에서 좀더 근원적이고 그래서 좀더 심각하다. 그러나 이 시집의 여러 편에서 보이는 김근의 암중모색은 어떤 정체성의 통합을 향한 변증법적 모색이나, 지성에 기초한 회의주의적 여정이 아니다. 이 모색은 내심에 충실하고 무의식에 자기를 개방함으로써 시민공동체의 공통감각으로 인지되거나 흡수될 수 없는 다른 것과 조우하고 그 존재를 현시하려는 몸의 감각실험이라는 차원에서 오히려 역설적인 것이라고 하지 않을 수 없다. 이 어두운 '복도들'을 거쳐 그가 가려는 궁극적인 곳은 햇살이 찬란히 비치는 바깥세상이 아니기 때문이다. 그것은 통합을 염두에 두지 않는 어떤 분열의 과정 자체이고, 익숙한 것을 기대하지 않은 채 낯선 것의 형상 없는 얼굴과 정면으로 마주하는 길이다. 이번 시집의 거의 모든 시에서 우리에게 익히 알려진 감정의 형용사가 전적으로 배제되고, 오직 낯선 감각의 언어만이 현시되

고 있다는 점은 이런 점에서 주목을 요한다. 다음 시는
이러한 시적 제의의 한 예이다.

모르는 네가 우우우 우산 속으로 들어온다 축축하고
번들거리는 새벽 가랑비에 털 젖는 줄도 모르고 모르
는 고양이 한 마리 우우우 우산 밖에서 눈을 빛낸다 물
고 빨고 할 때는 다 똑같지 우우우 우산 속이나 우우우
우산 밖이나 모르는 너는 모르는 웃음을 흘려놓는다
실실실 외부로 쏟아져나온 내부 저 으스스한 토사물
우우우 우산 속은 텅 비고 우우우 우산 밖은 젤리처럼
미끄덩거리고 찢어진 우우우 우산의 살대처럼 모르는
너와 모르는 내가 몸 부딪는다 기댈 담벼락도 없이 앙
상하게 서서 모르는 비를 피해 모르는 골목 모르는 어
둠을 틈타 잎 진 가로수들 모르는 가지 하나 위태위태
붙들고 있다

—「우우우」부분

이 시집의 제목이 된 한 시에서 시인은 지금까지와는
아주 다른 부드러운 어조로 이 세계를 '구름극장'이라고
말한다. 그곳은 "제 얼굴을 지우고 싶은 사람들 하나둘
숨어드는 곳 햇빛 따위는 잊어버려도 좋"은 곳이다. "금

세 다른 모양으로 몸을 바꾸"는 구름처럼 이 극장에는 "처음부터 정해진 게 아무것도 없"다. 하지만 억압과 금기를 통해 구축된 문화세계, 동일성의 폭력 위에 구축된 명사(名詞)적 삶의 본질이 허위 외에는 아무것도 아니라는 진실을 직시하는 김근은, 그러므로 오히려 이 형상 없는 동사(動詞)적 세계에서만이 "오직 (…) 그대와 나"일 수 있다고 말한다(「구름극장에서 만나요」). 플라톤이나 프로이트의 어법을 빌린다면, 이 극장이야말로 그림자 아닌 '실재' 자체가 상연되는 극장이다. 이것이 시의 극장 외에 그 무엇일 수 있겠는가? 다시 이 글의 서두에서 했던 표현을 빌리자면, 이 극장에는 '은유'가 없다. 이 극장에서는 위계적 서열을 지닌 본질적 대상과 그것을 대치할 그림자가 구별되지 않으며, 안과 바깥의 경계도 없고, 나와 너의 정체성 역시 따로 존재하지 않으며, 나의 태몽은 만인의 태몽과 구별되지 않기 때문이다. 이것이 '실재' 자체와 마주하는 시인의 제의적 과정 외에 아무것도 아님은 물론이다. 독자들이여, 이 제의가 무모해 보이시는가? 혹은 이 제의의 효과가 궁금하신가? 그러나 이 물음은 답할 수 있는 것이 아니다. 그것은 시인 스스로조차 알 수 없는 미지계에 속한 것이기 때문이다. 하여 그것은 "인제는 구렁이도 아니게 되어버린 저 구렁이 끓고 있는 아주 오

115

래된 국솥"(「국솥에서 끓고 있는 저 구렁이」)에서 무엇이 태어날지 알 수 없는 것과 같지 않을까?

국솥에서 몸부림치는 저 구렁이 국솥 안에 감겨 무섭게 출렁거리며 솥뚜껑 달그락거리며 끓고 있는 저 구렁이 할애비 국솥 걸어놓고 사흘 밤낮을 불만 때고 누구를 먹이려는지 모르고 무슨 국물이 되려는지도 모르고 두어 바퀴는 감겨 꼬리와 입이 맞닿은 저 구렁이
(⋯)

거기, 채 태어나지 않은 애비도 끓고 있는지 모르고, 채 태어나지 않은 나도, 어쩌면, 모르고, 모르지
　　　　　　　　　　　──「국솥에서 끓고 있는 저 구렁이」 부분

■
시인의 말

한때 나는, 바깥에 속해 있고 싶었다. 안이란 안은 모두 버리고 오직 바깥의 세계에만 속해 있길 바랐다. 나를 버리고 오직 그대에게 속해 있기만. 그러나 그건 실패로 끝났다. 예정된 실패였는지 모른다.

결국 내가 안으로 돌아갔냐고? 흠, 그것 역시 실패했다. 안으로도 바깥으로도 가지 못했다. 아직도 나는 안에서 바깥으로 향하고 있는 모양으로, 있다. 있는지 없는지도 모르고, 있다.

그대에게 가지 못하고, 하긴 나는 자주 없었다. 내가 있는 여기도 어쩌면 없는지 모른다. 없는, 그렇다고 아주 없다고는 할 수 없는, 여기는 어디인가.

그럼 거기는? 저기는? 안은? 정말이지 바깥은?

또 한 시절 갔다. 여전히 나는 답을 찾는 일에 소홀하다. 다만 의문형인 채로 이 언어들을 그대에게 보낸다.

2008년 9월
김근

117

창비시선 293

구름극장에서 만나요

초판 1쇄 발행 / 2008년 9월 25일
초판 6쇄 발행 / 2022년 3월 28일

지은이 / 김근
펴낸이 / 강일우
책임편집 / 이상술
펴낸곳 / (주)창비
등록 / 1986년 8월 5일 제85호
주소 / 10881 경기도 파주시 회동길 184
전화 / 031-955-3333
팩시밀리 / 영업 031-955-3399 편집 031-955-3400
홈페이지 / www.changbi.com
전자우편 / lit@changbi.com

ⓒ 김근 2008
ISBN 978-89-364-2293-6 03810